U0153458

奇幻文學——想像力的泉源

我們需要故事。愈是荒誕離奇、天馬行空，愈是引人入勝，難以忘懷。在種種不可能之中，我們找到自己的可能，在幽暗遙遠的未知中，我們獲得了勇氣與慰藉。

我們需要想像力。不是教唆逃避現實，陷溺虛無，卻是要鼓勵轉換視野，伸展心智。奇幻故事獨特的神祕本質，無限的幻想空間，正是想像力的泉源。

因此，謹於新世紀之初，爲所有的閱讀者獻上一份小禮物，希望能引領每個人享用甘美的想像泉源，也祝福這股泉源噴湧不盡。

於此尋得夢境者，將握有開啓現實奧祕之鑰。

繆思奇幻館　敬上

二〇〇二年春

殺手之淚

les LARMES de l'ASSASSIN

安・蘿爾・邦杜／著　顏湘如／譯

繆思出版

Les larmes de l'assassin
By Anne-Laure Bondoux
© Bayard Éditions Jeunesse, 2003
Complex Chinese translation copyright © 2006 by Muses Publishing House.
Published by arrangement with Bayard Editions Jeunesse through jia-xi books co., ltd.
All rights reserved.

奇幻館 041

殺手之淚

作　　者　安・蘿爾・邦杜（Anne-Laure Bondoux）
譯　　者　顏湘如
總 編 輯　徐慶雯
主　　編　李若蘭
文字校對　楊美玲　顏湘如　溫芳蘭　李若蘭
封面設計　林小乙
內文排版　綠貝殼資訊有限公司
行銷企畫　江芝敏

社　　長　郭重興
發行人兼出版總監　曾大福
編輯出版　繆思出版有限公司　E-mail: muses@sinobooks.com.tw
地　　址　231台北縣新店市民權路188號5樓
發　　行　遠足文化事業股份有限公司
網　　址　http://www.sinobooks.com.tw
地　　址　231台北縣新店市中正路506號4樓
客服專線　0800-221029
傳　　真　(02)8667-1065
郵撥帳號　19504465
戶　　名　遠足文化事業股份有限公司
法律顧問　華洋國際專利商標事務所　蘇文生律師
印　　製　微印事業股份有限公司
初版一刷　2006年6月
定　　價　200元
版權所有・翻印必究
缺頁或破損請寄回更換

國家圖書館出版品預行編目資料

殺手之淚 / 安・蘿爾・邦杜（Anne-Laure Bondoux）
著；顏湘如譯. -- 初版. -- 臺北縣新店市
：繆思出版：遠足文化發行, 2006[民95]
面；　公分. --（奇幻館；41）
譯自：Les larmes de l'assassin
ISBN 986-7399-47-1（平裝）

876.57　　　　95009122

安・蘿爾・邦杜

目錄

第一章 009
第二章 017
第三章 027
第四章 037
第五章 043
第六章 049
第七章 057
第八章 065
第九章 071
第十章 077
第十一章 085
第十二章 089
第十三章 097

殺手之淚

les LARMES de l'ASSASSIN

第十四章 101
第十五章 109
第十六章 115
第十七章 127
第十八章 135
第十九章 143
第二十章 149
第二十一章 157
第二十二章 177
第二十三章 179
第二十四章 185
第二十五章 199
尾聲 205

第一章

從來沒有人意外闖入過這裡——此地位於智利最南端，是世界的盡頭，崎嶇的海岸彷彿太平洋冰冷海水的細碎花邊。

這片土地如此嚴峻荒涼、強風肆虐，連石頭也痛苦不堪。然而在沙漠與海洋的前方，有一座以灰牆搭起的狹長建築，那是波羅維多家的農場。

旅人跋涉至此，見到住家無不驚訝。他們走下小徑敲門，請求留宿一晚。這些人多半是科學家、帶著小石子的地質學家，或是探尋黑夜的天文學家，有時是詩人，或者是迷途的冒險商人。

由於人跡罕至，每當有人來訪，波羅維多家總是鄭重其事。女主人雙手顫抖地端起破壺爲客人倒酒。男主人則勉強說上兩句話，以免顯得過於粗野。但他畢竟是鄙野之人，妻子也常不慎將酒灑出杯外。風在窗縫下呼嚎如狼嚎。

直到旅人離去，夫妻倆才鬆口氣關上門，在荒原上，在礫石與暴風中，重新過著孤獨的生活。

波羅維多夫婦有個孩子，那是床笫間例行公事後生下的男孩，並非愛的結晶，他和這土地上的生物一樣，長得並不好。他成天抓蛇，指甲縫裡有泥土，陣陣強風將他吹成招風耳，皮膚乾黃，牙齒像鹽巴一樣白。他叫做保羅，保羅．波羅維多。

在某個炎熱的一月，是他看到沿著小路有人走來，也是他奔告父母陌生人來了。只不過這次來的不是地質學家，也不是旅行商人，更不是詩人，而是安傑．阿雷吉亞①。他是流氓、無賴，更是殺人犯。和其他人一樣，也是無意中來到這位於天涯海角的小屋。

女主人拿出酒壺，恰與安傑．阿雷吉亞四目交接。只見一雙小眼像是挨了重拳似的深嵌眼眶，眸中閃著邪惡與粗暴。她不由顫抖得更厲害。丈夫與流氓面對面坐著，問道：

「您打算待很久嗎？」

「是的。」流氓回答。

他輕輕抿一口酒。

外頭水氣飽滿的雲正從海面升起。保羅跑得遠遠的，他仰起頭、張開嘴，等著雨水滴落。他和土地上的畜生一樣，永遠止不住飢渴，有種天生的貪慾。到訪的詩人將他喻爲岩縫中的種子，注定開不了花。他是混沌的開始，人性的呢喃。

當雨落入塵土，落在保羅的舌尖上，安傑．阿雷吉亞拔出小刀，先後插入那夫妻的喉嚨。桌上血酒交混，染紅了深溝木紋，再也洗不去。

這並非安傑第一次犯案。他所來處，死亡是司空見慣的事。無論是金錢債務、酒後爭執、紅杏出牆、鄰人背叛，或只是閒來無事，都以死亡終結。這回，死亡終結了兩個星期的遊蕩。他厭倦了餐風露宿，厭倦了每天

①【編注】安傑．阿雷吉亞（Angel Allegria）：安傑爲音譯，原意爲天使。

不斷往南逃。他聽說這是沙漠與大海之前最後一棟屋子，是通緝犯的最佳避風港：他想在這裡睡覺。

小保羅溼淋淋地回到家，發現父母躺在地板上，立刻知道發生了什麼事。安傑在等他，刀子握在手上。

「過來。」他說。

保羅沒有動，盯著沾血的刀刃，盯著緊握刀柄的手，盯著那毫不顫晃的手臂。雨落在鐵皮屋頂上，好像馬戲團雜耍演員在空中轉圈之前急切的擂鼓聲。

「你幾歲了？」安傑問。

「不知道。」

「你會煮湯嗎？」

儘管安傑緊握刀柄，卻無法下決心。這又小又髒、又溼答答的孩子站在眼前，他卻狠不下心結束他的性命。突如其來的良知，也許是一絲同情，令他無法下手。

「我從沒殺過小孩。」他說。

「我也是。」保羅回答。

安傑聽了微微一笑。

「你到底會不會煮湯？」

「應該會。」

「那去給我煮點湯來。」

安傑收起刀子，饒過孩子一命多少讓他鬆口氣。他心想：不一定非殺他不可。小孩不妨礙他睡覺，而且可以差遣去打井水，不必自己跑倒是省事。

保羅往屋內陰暗的壁凹走去，這是母親存放微薄食糧的地方。不久便拿出幾個馬鈴薯、韭蔥、蘿蔔和一片肥肉乾。雖然從未煮過湯，但常看母親煮，知道做法，自然而然就會了。至於生火，父親怎麼做他就怎麼做，很簡單。

湯煮好之後，他轉身告訴安傑。

「幫我盛。」殺人犯說。

保羅找來父親用的大鐵碗放在桌上，離血與酒漬遠遠的。然後把湯倒進碗裡。

「陪我一起吃。」安傑命令。

保羅又拿了一個最小的、最凹凸不平的碗，那是他的。盛好湯之後坐下，對面的安傑已經大聲地喝起湯。雨早停了。屋裡壁爐的火燒得劈啪響，所以不冷。窗外夜幕逐漸低垂，彷彿一片黑海漫天而來，眼看海水就要灌進屋子，淹沒這世界。保羅點亮一根蠟燭。

「吃啊。」安傑對他說。

湯的味道很香。但孩子的目光轉來轉去，最後總會落到躺在地上、動也不動的軀體。他雙手抱著碗，卻怎麼也無法端起來放到嘴邊。這時凶手也掉頭去看那兩具屍體。

「那讓你沒胃口嗎？」

保羅點點頭。安傑於是起身，嘆氣道：「好吧。」

他到壁凹翻了一會，找到一把鐵鍬。

「過來，」他說：「我需要你幫忙打燈。」

保羅點亮防風燈，跟著凶手走入漆黑，看著他將父母的屍體拖到碎石地上。

「地很硬。」保羅提醒他。

光聽他這麼說很難想像。不過，安傑整整花了兩小時才挖出勉強能塞入兩具屍體的洞。鐵鍬不斷碰到石頭、樹根，手柄震得他雙手發燙，好不容易將屍體搬入洞中；再將微微隆起的土堆夯實，把洞填滿後，安傑不自覺地抹額頭，但在海風吹拂下，幾乎沒有流汗。

「滿意了嗎？」他問男孩。

保羅將燈舉到臉的高度，看著墳墓。有一剎那，他也想進去睡在土下，但他知道不能這麼做，因爲他活著。他十分明白其中的差異：在這世上，在這窮鄉僻壤，只有死人才得以休息。活著的人只能咬緊牙根，承受生命的苦痛。這正是安傑剛剛送給保羅的禮物：生命。但，是什麼樣的生命呢？

「走吧！」安傑說：「沒什麼好看，湯涼了。」

第二章

塔卡瓦諾、特木科和納塔勒斯港這三個城市的警察都在追捕安傑·阿雷吉亞。他在這些地方搶奪老人、詐騙年輕人，不從者便殺。被害人不曾看清他的臉，他也從未看清鏡中的自己。他的世界裡人影幢幢，而他消滅這些危險的魅影就像一般人驅趕成群蚊蠅。

小時候，他眼見父親死去。至於母親，他幾乎毫無印象。從小就得依循悲哀的街頭法則，自謀生路。

這輩子他所擁有的只有刀子與蠻力，搶來的錢如水般嘩嘩地自指間流洩。有一兩次他以爲自己愛上了哪個女人，但暴躁脾氣絲毫未改，於是和其他故事一樣，以災難、痛苦的吶喊和匆忙衝下逃生梯收場。安傑·阿雷吉亞並非值得托付的人，尤其不適合養育孩子。

然而，他卻在那片被風、雨、雪與天空所包圍的土地，在最偏遠的屋子裡，和保羅一同過起日子。幼小無知的保羅別無選擇，殺人犯住進家裡，他只能接受。

他們開墾菜園，養雞和山羊。保羅除了煮湯還會抓蛇，但不像以前那麼頻繁，因為安傑不喜歡他在石頭間鑽來鑽去。「你會被咬。」他說：「到時你會後悔自己有這怪癖。」

最令安傑好奇的是，這男孩究竟幾歲？從那瘦弱的身軀恐怕難以判定，保羅看起來像是五歲，但可能已經八或十歲。

「想想你什麼時候生的。」他對孩子說。

「就是你來的那天。」孩子回答。

「才不是！」

「在那以前的事我不記得了。」

安傑該作何感想？他無意間犯下的重罪讓自己變成孩子的父親嗎？然而，有何不可……他快三十五歲了，從未做過好事。當父親，是啊，這倒不錯。

「叫我爸爸。」他命令。

「不要。」

「我要你叫。」

「我爸爸在那裡面。」保羅指著土丘說。

安傑轉過頭去。土墳就位於通往菜園的小路中央，對他是種折磨。那無聲的存在，讓他不斷想起犯下的錯。這是他殘酷、愚蠢、無能的證據。保羅有時會在墳上放些野花，沒有淚水，但雙眼卻如油井鑽子直入地底深處。孩子沒說出口的問題，以及問題的答案，都埋在那裡。安傑每次見他站在土丘前，總感到莫名的嫉妒。

「我們把它剷平。」他說。

「爲什麼?」

「路會寬一點。」

「路夠寬了。」

安傑環視四周鄉野。一望無際的土地如此遼闊、如此荒涼，要說這土丘擋路，的確是騙人的。他再也不敢舊話重提。好吧，就讓它留著吧。

「不過，我們可以離開吧？」他提議。

「你想走就走吧，」保羅說：「我住在這裡。」

「我也是，我也住在這裡，而且不能離開，無論到哪裡，警察都要抓我。」

一整年過去，沒有任何一個人來過波羅維多家。也許所有的地質學家、冒險家和尋找星辰的人口耳相傳，勸人避開這地方，他們知道這裡有個凶惡的看門人。於是孤寂張開雙臂環抱偏僻的屋子，以空洞的聲音哄它入睡。

鐵皮屋頂被雨打壞了，安傑爬上去修理。

菜園被雪覆蓋了，他便摟著保羅，免得他夜裡受寒。

窗縫和門縫底下風聲咻咻，安傑將門窗釘牢、縫隙塞緊，擋住風的去路。

他不明白自己以前爲什麼非得偷搶拐騙並且殺人，安分守己過日子似乎也很簡單，只須對抗四季與艱苦的生活，這孩子的存在則是他唯一的幸福。

「城裡的人依靠彼此生活，」他對保羅說：「所以他們很緊張。」

「所以你才會變成殺人犯？」孩子問。

「我不知道。」

「你爲什麼不殺我？」

「大概是因爲你不會讓我緊張吧。」

又一整年過去，當夏日陽光再次照得鐵皮屋頂發白，蛇也躲進岩縫，有位旅人爲了找尋這屋子而來。安傑從井邊回來，重重的塑膠水桶拉扯著他的手臂，那人向他打招呼。安傑瞥向菜園，保羅正在除草，一面等水。他頓時感到腹中灼熱。那可怕的猜疑又回來了。遠遠看去，那人似乎十分年輕有活力。能徒步來到這裡，必定身強體健。他是誰？

「喂！」陌生人說：「我要找波羅維多家的農場，是這裡嗎？」

安傑繼續往前走，水桶撞擊著大腿。危險的氣息令他手臂上的寒毛豎起，遠處菜園裡的保羅停下除草的動作，也察覺到有人出現。

「你是波羅維多先生嗎？」

「你想幹嘛？」安傑將水桶放到陌生人跟前，問道。

儘管鞋子上沾滿塵泥，仍看得出是新鞋。從衣服的質料看來，應該是有錢人。身材不錯，體態均勻，開朗而自信。除了安傑，任何人都會對他產生好感。

「我叫路易．賽昆達。」他說著便伸出手。

安傑雙臂交抱，不肯和他握手。若有必要殺人，他寧可事先避免任何接觸。然而，保羅加入他們，陌生人對他露出燦爛的微笑。

「我可能打擾你們了……」

「沒錯。」安傑說。

「沒關係，」保羅說：「你想喝點什麼？」

他說得很自然，毫無心機，並打開家門說：

開。

「請進。」

「快點，」安傑咕噥道：「太陽很毒。」

他們快步走進屋內陰涼處，有隻母雞被安傑踢了一腳，咕咕叫著跑開。

「這裡還不錯，」陌生人說：「與世隔絕的生活是好的。城裡——」

保羅不自覺地拿出母親破舊的壺，替客人倒一杯羊奶。

「城裡就像地獄。」陌生人接著把話說完。

他一口氣將羊奶喝完。安傑坐在對面的長凳上，暗暗打量著。他的刀就在抽屜裡，垂手可得。陌生人的手肘下、桌面的溝紋內，還留有保羅父母的紅色血跡。這時，陌生人喝了羊奶，唇上多出一道白鬚。安傑暗斥保羅：羊奶！明知道這裡每樣東西有多貴！

「我在找一個特別的地方，」陌生人解釋道：「一個……怎麼說呢？一個像這裡的地方。」

「你是說像這房子？」保羅驚訝地問。

「像這房子，這條路，這些岩石……」

陌生人起身走向窗邊，接著說：

「像這片天和那片矮灌木叢。一個和這裡一模一樣的地方。」

他轉身回到安傑和男孩身邊，臉上帶著微笑。

「像這個地方，嗯……」安傑嘟噥著說：「但不是這個地方。」

陌生人回到他對面坐下。安傑愈是瞧他，愈是無法抗拒內心的衝動：殺了他。這名僭越者擅闖此地，打破了平靜，注定要死。這名陌生人再度引發了惡性循環，安傑感覺指尖彷彿有螞蟻鑽動。

「我知道這是你們家，」路易．賽昆達以尷尬的語氣說：「可是……」

「你還要喝嗎？」保羅插嘴問道。

他又倒了第二杯，安傑更是怒不可遏，雙手在桌下緊握拳頭。抽屜不遠，只需一個動作。

「我可以付錢給你們，」陌生人繼續說：「對我來說錢不是問題，我有花不完的錢，也可以工作。若是你們願意，我可以租一塊地蓋間小茅屋。

我不想占用你們的房子。我會住遠一點，在路的另一頭，你們甚至見不到我。」

保羅將空壺擺在桌上，望向安傑。他有預感若不採取行動，可能會有悲劇發生。陌生人對他很親切，他不希望他死，也不想再幫安傑挖洞。一連幾個星期的乾旱，土地變得堅實，比大理石還硬，連挖菜園的犁溝都十分困難。因此他看見安傑打開抽屜時，立刻大喊：

「爸爸！這樣很好對不對，爸爸！答應他吧，爸爸！」

安傑突然僵住。爸爸。那孩子剛剛叫他「爸爸」？

「你兒子眞好，」陌生人說：「一定是你教得好。」

安傑仍舊愣著，手懸在抽屜上方。

「好啦，爸爸……」保羅繼續哀求：「好爸爸，求求你……」

第三章

三十歲的路易．賽昆達，爲了環遊世界而離開法爾巴拉索。對他的家族而言，留在母親生下你的地方是沒出息。賽昆達家族原籍西班牙，幾個世代以來在五大洲開枝散葉。路易的母親在瘋狂旅行多年後，終於像一艘破舊小船擱淺在法爾巴拉索。她在這裡將四個小孩撫養成人——神奇的是四人都出於同一個父親；然後追隨新情夫前往非洲。

路易的父親是個富有的酒商，習慣以金錢澆灌小孩，寄送支票就像寄風景明信片，以爲這樣能讓他們成長茁壯。每當他回到法爾巴拉索，總會仔細地檢視四人，就像檢視一株株葡萄樹。發現他們長大了，身高計也不能量別的東西，他便又心安地離去。

路易的兩個姊姊年紀輕輕便離開了智利，分別嫁到德國與法國；弟弟則遠赴好萊塢，想一圓明星夢。因此當父親最後一次回來，只剩路易住在法爾巴拉索的家。

「你還在這裡？」賽昆達先生十分吃驚。

「我大概是生根了。」

「你想到哪生根都行，就是別在這地方。我要賣掉房子。」

這幾年葡萄酒的利潤不如以往，只得減少開銷、勒緊褲帶、賣些東西。

「這是你的份，」父親對他說：「這是我最後一次給你錢，也是最後一次回法爾巴拉索，以後你就自己看著辦吧。」

路易這才離開家鄉，斬斷自己的根，夢想著環遊世界。這是最符合賽昆達家族特性的計畫，卻也是路易最不可能實現的計畫。

他向友人與同伴道別，鄭重承諾會從最遙遠、最具異國特色的城市寫信回來，他看見他們眼泛淚光。「路易．賽昆達要去環遊世界！他真了不起！」

「然後呢？」某日，路易講述自己的故事後，保羅問道。

「沒有然後了。我搭上火車往南走，到旅館過夜，在街上閒晃。」

「你不喜歡這樣？」

「不喜歡。」

「所以你根本沒有離開智利嘍？」

「我來了這裡。」

「信呢？」

「有些承諾從來不會實現，不是嗎？」

保羅嚴肅地點頭。這話他似懂非懂，因爲從沒有人對他承諾什麼。他只知道路易在逃避，有點鴕鳥心態。他到窮鄉僻壤的角落，想把羞恥埋藏在此。他在法爾巴拉索友人的心目中留下一個完美、勇敢的冒險家印象，爲了不使其他人的夢想凋零，不得不消失。

「你覺得這人怎麼樣？」安傑發現保羅從小路盡頭的茅屋回來，惱火地問。

「沒怎麼樣，我只是幫他蓋屋頂。」

「讓他自己處理，你來幫我照顧山羊。」

保羅跟著安傑進羊圈。裡頭有五隻羊，是保羅的父親昔日在市集買來的，如今已不再年輕，雖然都還有奶，卻不多。其中一隻在幾個禮拜前就顯得虛弱。

「我覺得牠不是生病……」保羅跨坐在欄杆上低聲說。

安傑來到羊隻身旁，用力將牠拉倒，羊痛得咩咩叫了幾聲。他舉起一根裝滿營養劑的吸管在頭上晃了晃。

「牠當然是病了！病太久了。牠很痛苦，眼神黯淡！」

保羅還是讓安傑治療那頭羊。維他命沒壞處，但也無法抗老。看著這殺人犯不計代價地拯救一頭老山羊，保羅頓時像是被捲入一陣旋風中。世上怎麼可能有這種事？如果連一起生活的人都無法了解，又怎能了解宇宙？

「我要去抓蛇！」他突然說。

他不顧安傑在身後制止，一溜煙地跑開，遠遠地跑離房子、羊圈、父母屍體腐爛的土丘、路易那間一邊高一邊低的小茅屋。他像受驚的兔子，遼闊的空間，受盡風吹日曬的沙漠，這片無垠的天地在他眼前敞開，比深淵更深邃、更黑暗。他從小就知道，在這片平坦荒蕪的另一邊就是大海，那是太平洋的冰冷海水。他也能隱約看見遠方白煙繚繞的火山身影。路易的敘述像種子，在他心裡種下一個個陌生名詞：城市、市集、船舶、天文臺、特木科、法爾巴拉索、火車、馬、暴風雨……

他停下來不跑了。四周的岩石變成一座靜止、死寂的森林。他不想抓蛇。保羅坐在地上，凝視著如軍隊般的烏雲從海的那一頭入侵，陰影籠罩大地。

黃昏時分，安傑開始著急。他等了又等……他在擔心，而發現自己爲孩子擔心更令他惱火，只有膽小的母親才有這種感覺，殺人犯不行，即使意外成爲父親也不行。他提著防風燈，在屋內繞來轉去。他走到菜園，回到土丘，以譴責的眼神瞪它一眼，繞過土丘沿著小路走。路的盡頭隱約可見陌生人掛在天花板上的小燈。燈在黑夜中晃動，也很惱人。安傑握緊拳頭：要是讓他發現保羅在那裡，他就回去拿刀……這一回，管他「爸爸」不「爸爸」，都要殺死偷走孩子的愛的傢伙。簡單得很，絕對沒問題。

他走近小茅屋，對路易的不滿之情高漲。他才敲一下門，鉸鏈隨即旋開。陌生人見到安傑，嚇了一大跳。屋裡只有他一個人。

「有什麼需要幫忙嗎？」他問道。

「保羅不在這裡？」

「不在。」

安傑指著鉸鏈說：

「你這是哪門子爛活！一點都不牢固。」

「我會修。」

路易盯著安傑驚慌的臉說：

「不介意的話，我陪你去找吧，兩個人比較有效率。」

安傑聳聳肩。這人說話文謅謅的，臉上又隨時帶著愚蠢的笑容，實在讓他心煩。不過他說的有理，要找保羅，最好兩人分工。找到孩子之後，他暗自發誓，一定要拿刀解決路易，一了百了。

一陣強風刮地揚起大片灰塵，扎刺著皮膚、眼睛和喉嚨。雲在清朗星空裡散成一絲絲棉絮，偶爾露出一輪大大的粉紅明月。

兩個大男人手持燈火走在漆黑荒野上。他們心臟狂跳，雙眼如母鹿的眼睛，眼神滿是憂慮，緊鎖的喉嚨齊喊：

「保……羅……！」

在一無所獲的十五分鐘後，路易停下來拉安傑的衣袖：

「分頭進行吧，我往西，你往東找。」

安傑緊緊拉住他。這人在玩什麼把戲？他那雙狡猾的眼睛透露得清清楚楚：他想獨自找到保羅，以便大肆吹噓，讓保羅對他更有好感。門都沒有！

「你繼續往東找！」他大喊：「我往西邊！」

「隨便你……」

路易被陣陣強風愈推愈遠，一手護著燈。安傑瞇起眼睛，他希望自己更聰明機伶、更有學問，以免上這人的當。但他狹小的腦袋似乎封閉、抑制了所有想法，他永遠也無法讓它大到足以展現聰明才智。想到這裡他不由得露出了痛苦抽搐的表情。

「保……羅……！」路易一面喊一面漸行漸遠。

安傑打起精神，迎風轉向西邊。不管聽不聽明他都要找到保羅，然後殺掉陌生人，一切又將回復到令人筋疲力盡的平靜。他起步往前，怒氣沖沖，高舉的燈火就像汪洋中的燈塔。

「保……羅……！」

他絆到石頭，褲管裡小腿流血了，一度痛得無法呼吸。狂風在耳邊呼嘯，塵土飛進眼睛，擠乾了淚水。

他重新起步，小心翼翼地避開這一帶林立的岩石。然而他伸手摸黑以免再次撞傷時，突然有隻手滑進掌心。

「安傑，是你嗎？」保羅顫抖著聲音問。

「是我。」

「你找到我了？」

「是的。」

保羅的手又冰又瘦。他一定是在離家很遠的地方睡著，一覺醒來天已黑了。

安傑咬住燈的扣環，輕鬆地抱起保羅。他打開外套將孩子貼身裹住，這樣比較暖和。往回走時，燈就這麼搖搖晃晃地卡在齒縫間。不痛了，他感到無比輕鬆，也很驕傲找回生還的孩子。此刻他獨自走在淒涼的土地上，胸前依偎著一個身軀，他深信自己剛剛完成世上一樁非常重要的事。他內心充滿愉快驕傲的情緒，因而他決定將殺人一事延後，以免破壞平靜的時刻。

第四章

儘管施以維他命與悉心照料，老山羊還是死了。

安傑內心雖然不快，卻不露痕跡，並強迫自己肢解羊屍。他原想將羊葬在保羅父母安息的土丘旁，但肉實在珍貴，只好放棄溫情主義。他將最好的部位煮了，做成肉醬留給保羅，保羅又切了幾片分給路易。此後情況便是如此，安傑不得不與路易分享肉醬、羊奶和孩子的愛。至於路易，也會隨時留意將水槽注滿、種點馬鈴薯和一種寬葉植物，然後將它製成灰色菸草，裝在銀色的小香菸盒裡送去給安傑。兩個男人坐在臺階上靜靜抽菸，一面看著夕陽沒入地平線。兩人之間建立起某種和平。安傑的刀子留在抽屜裡，與開瓶器和核桃夾作伴。

入秋後颳起強風，把小茅屋的屋頂掀了，路易只得到小屋去求他們收留。

「進來吧。」保羅將門打開。

「快點，」安傑嘟噥著說：「溼氣很重！」

安傑正在桌邊拔雞毛。路易來到桌前長凳坐下，把一只皮袋擺到桌上，裡頭全是從大雨搶救出來的寶貴物品。

「拿開！」安傑說：「你沒看到到處都是血和雞毛嗎？」

砍下頭的雞的確不斷流著血。雞毛在屋裡飄來飄去，最後落在血泊中，染成紅色。保羅在壁爐旁忙著將不斷陷落的小木柴堆高。夏天結束之前，他陪安傑長途跋涉到沙漠與森林交接處，那時帶回的新鮮樹枝，正在壁爐裡冒煙。

路易到火邊坐下，袋子放在腿上，以憂傷詩人的神色注視火焰。安傑斜眼監視他，心底深怕這個陌生人又開始說些讓保羅著迷不已的話題。

「袋子裡裝什麼？」保羅問。

安傑用他殺人的大手抓住一大撮雞毛，一把扯下。

「紙、書……」路易嘆道。

「書？」保羅很驚訝。

安傑恨得咬牙切齒，甚至可以聽到牙齒摩擦的吱嘎聲。有一兩次，詩人或科學家來訪時，保羅也看過書；甚至有人想教他讀書識字，但保羅記不得了。

「你想看嗎？」路易問。

「他沒時間！」安傑插嘴道。

他往壁爐走去，手裡抓著拔了毛的雞像抓著短棍。

「喏！雞可以煮了。」

保羅很快將雞抓過來，微笑道：

「我可以一面煮雞，一面聽書。」

安傑無話可說。這孩子會像城裡的人一樣說理；這就是和陌生人打交道的結果！此人有害無益，錯不了！安傑後悔沒在他來的那一天就殺人，如今太遲了。保羅依戀他，安傑知道若是殺死他，將會失去孩子的信任。這份信任和肉同樣珍貴：安傑發現這比任何肉醬都更滋養。過去三十五年來，還有誰曾經信任他？一個也沒有。那天晚上，他從漆黑與刺骨寒風中救回孩子時，一個活生生的軀體毫無顧忌地靠著他、托付他，他從未有過這種感覺。

路易打開袋子拿出書。那是一本泛黃的舊書，他說是從父親處得來。很久以前的某一天，葡萄酒商將這本書連同一包金幣送給路易。這份禮物太不尋常，讓他十分訝異，尤其是一本詩集。

「你父親喜歡詩嗎？」保羅問。

「不。但詩人喜歡酒，有個詩人就用這本書換了一瓶酒。我父親連翻都沒翻。」

雞肉串在鐵叉上烘烤得香味四溢之際，路易也讀起詩。安傑走到窗邊站定，手插在口袋裡，傾聽鏗鏘的字句應和著火焰與雞汁滴在木柴上的劈啪聲。詩中談到昔日的水手，像漂流物般被沖上陸地，因眼見暴風雨中死傷無數而陷入發狂狀態。詩中談到自然與心靈，簡單而勇敢。安傑看著雨水打在玻璃上，任由自己沉浸在詩句中，他沒想到這麼明瞭易懂。這些詞句在他狹小的腦裡開出一條路，彷彿有道強力水柱灌注而下，慢慢將小石子和泥塊排出，就像澆灌菜園一樣。感覺很奇怪、很平靜。

從那天起，男孩便和兩個大人一塊住在小屋。每天晚上路易都會翻書，在熱湯氤氳的熱氣中大聲唸詩。每天晚上安傑都會站在窗邊，不讓他們看到淚水，那濕潤了殺人犯雙眼的淚水。

第五章

路易的袋子裡還有紙和筆。純白紙張整齊地收在硬紙板做的文件夾裡，還有各色原子筆與墨水筆，這些能將無形化為有形的小東西，全都乖乖等候路易環遊世界後派上用場。

「你爲什麼不試試看？」保羅用手背輕撫紙頁，問道。

「你說環遊世界？因爲我辦不到。你知道嗎？我就像葡萄樹，只能活在一種土裡，活在山丘的坡上，活在特定角度的日光照射下。只要一離開就會死。」

保羅覺得路易有點誇張。他從法爾巴拉索到這裡來，還不是活得好好的。對從未搭過火車和船的保羅而言，法爾巴拉索和馬德里或馬克沙斯群島並無差別，一樣遙遠。

「在遙遠的國家，」路易想說服他：「他們說的話我聽不懂，蔬菜的味道和形狀都很怪，水會讓我生病，氣候讓我流汗或頭痛。旅行充滿不便和意外。」

「這裡也有意外狀況，」保羅反駁：「你的屋頂被風吹掀了，羊也死了。」

「我的屋頂很脆弱，而羊老了。」路易回答。

保羅差點提起父母也喪了命，但隨即改變心意。提有什麼用？他幾乎記不得他們的聲音和氣味；而且安傑不喜歡流連過往，現在才重要。

外頭在下雨。安傑披上保羅父親的防雨披風出去了，他說要去「透透氣」。

路易看著傾盆大雨打在窗上，心想安傑怎能在滂沱大雨中待這麼久。卻沒想到，安傑更無法忍受看著他教孩子寫字；這知識的洪流比天上傾瀉而下的暴雨更可能壓彎他的脊樑骨。他一看到紙筆，便立刻去取披風。

「你還是可以寫啊。」保羅建議。

路易發現孩子的褐眼閃著光，像剛從樹上摘下的晶亮栗子。保羅從未看過人寫字。他的父母不識字，恐怕連拿筆也不會，安傑也好不到哪去。

「一起寫吧，」路易回答：「一人寫一個字。」

字像蛇一樣，在保羅的手指間滑動、溜走，嘲弄。他以爲抓住了，但它們刁鑽滑溜，需要很大的技巧。經過十五分鐘的努力，保羅的紙上充滿奇怪的符號、橫槓和墨漬。

「好難喔！」他說。

「是啊，」路易喃喃地說：「一開始必須非常用功。」

他暗忖，只要保羅還不會寫字他就不寫信，朋友們也不會知道他的怯懦。孩子的無知還能保護他一段時間，但總有一天不能再逃避。他收起筆。

「你不想教我了？」保羅擔心地問。

「不是，但不能太心急。」

保羅有點猶豫。他可以想像學會操控那些字蛇後，將會擁有多大的力量。但他也可能因此失去寶貴的東西。就像當初贏得了安傑的友誼與保護，卻失去了父母，也讓他了解一切都必須付出代價。

路易將紙塞入袋中。此刻安傑推開門，一路往裡走，披風淌著雨水，身上則像遠處可見的火山般冒煙。他不發一語，從披風的褶縫中取出一團毛茸茸、溼透的東西，放到搖曳的火光下。原來他發現了一隻迷路的幼狐。小狐狸的頭和爪受傷了，但還活著。安傑朝樹林走了很遠。在森林裡，儘管風聲淒厲，大雨打在風帽上咚咚作響，他仍聽見嗚嗚哀鳴……

他走到保羅身旁，對睜大眼、滿臉驚訝的孩子說：

「送給你，隨你處置。」

保羅把小狐狸抱在懷裡。牠頭上覆著一層柔軟細毛，身體好輕好輕，保羅頓時覺得自己強壯得像巨人。受傷的狐狸靠在胸前賦予他一種強大的力量，比會寫世上所有的字還強得多。他向安傑投以感謝的眼神，蹲在壁爐前讓狐狸取暖。

安傑脫下披風掛在鉤上，雨水很快便在石板地上匯集成一灘水。

「留下這隻畜生保險嗎？」路易問。

安傑覷他一眼，眼神充滿挑釁。這個城裡來的人大可以用書和筆討保羅歡心，但他無力對抗大自然，對抗它的活力、美和野性。

「牠可能會咬人。」路易不贊成。

「不，不會，我會馴服牠。」保羅向他保證。

安傑笑著坐到長凳上，腿上擺著銀色菸盒，裡頭的菸草還夠捲兩根菸。他慢條斯理地捲好菸，然後遞一根給路易。

保羅蜷在壁爐前，將小狐狸放在他的腹窩，臨睡前還咕噥地說：

「牠要喝奶對不對，安傑？因爲牠還很小。」

那天晚上，路易沒有唸詩。那天晚上，安傑贏了。

第六章

秋天過去接著冬天到來。忙不完的日常工作占據了每個人：塡飽肚子、暖和身子、修繕惡劣天候導致的損壞、照料羊隻、輕手輕腳地撿雞蛋……聽著暴風雨咆哮入睡。路易一方面想幫助保羅成長，另一方面卻又因怯懦而一再將期限延後。因此在這嚴酷的數月間，寫字課減少了，詩集也蓋上一層薄灰。有幾天晚上冷極了，路易手指凍僵了根本無法翻書。

小狐狸在保羅細心照顧與羊奶滋補下痊癒並恢復了體力。然而動物和人不同，牠們的時間比較濃縮、比較密集。保羅還無法好好拼寫自己的名字，狐狸卻已經長大了。春陽初露，氣溫驟然回升，小狐狸的胃口跟著大增，不容否認的事實是：牠要吃肉。

保羅決定自己供給同伴的需求，於是開始打獵。他拿著在壁凹找到的冰鎬，每天早上出門去獵捕田鼠和鼴鼠；不管是什麼，只要他的狐狸喜歡就好。

在荒涼的原野上，除了蛇，別無他物。因此他必須到離家很遠的森林碰運氣。不過他從來不進森林。那幽暗的世界令他害怕，所以他只在林邊搜索，一旦發現誘人的獵物，便趁牠鑽進林下灌木前擋住去路。對森林的恐懼像一道無法跨越的障礙，讓保羅十分憤怒。如果他不那麼害怕，一定能帶回許多肉！但他經常空手而回，不免對自己的膽小感到羞恥。

狐狸開始在屋裡高聲尖叫，還會齜牙咧嘴地低吼，保羅只好豎起木樁拴住狐狸，牠不斷繞著木樁轉圈，差點被用來馴服的繩子勒死。路易總是避得老遠，安傑則是著迷地注視牠的尖牙，等著牠按捺不住暴力野性的一刻。他抱著享受的心情等候，心想狐狸攻擊的人應該會是路易，而不是高大強壯的他，或身爲主人兼朋友的保羅。安傑不再像從前那樣急於除掉路易，但卻不斷貶低他，讓他知道這裡由誰做主。

「你很怕狐狸？」他挖苦地問。

「是啊。」路易坦承。

「就因爲你害怕，才讓牠更急躁。」

「不，是因爲飢餓。給牠吃我們的一隻雞好嗎？」

「『我們』的雞？」

「好吧……是『你』的雞。」

「想得美。」

天氣逐漸轉晴，路易便出門長時間散步，遠離狐狸和那個比畜生好不了多少的狂躁瘋子安傑。他一走就是幾個小時，腳都磨破了。

有天他來到遙遠的西邊，見到一道海灣阻斷荒原。路易對此十分驚訝，他呆立看著這片承載一塊塊冰山的冰寒海水，四周的礦物世界乍然出現這片水域，令他看得渾然忘我。此時晴空萬里，可以看見遠處的白頭火山。他的孤獨、惶惶不安與如此美景相遇，在內心激發出文學的衝動。許多美妙詞句的片段在腦海迸現，爆炸如焰火。他眞後悔沒有把袋子帶來。

那天當他疲憊而恍惚地回到家裡，卻看見更令他吃驚的景象：桌子翻倒在地，長凳也是，壁爐的灰燼灑得到處都是，安傑和保羅正與狐狸對峙，氣氛安靜得可怕。那隻畜生躲在通往壁凹的隱密角落，露出獠牙低聲咆哮。牠掙斷了繩子。只見牠雙耳低垂、目光如炬，似乎隨時可能撲上來。

「千萬別動。」安傑喝道。

路易在門邊定住不動。

保羅在掉淚，全身抖個不停。他手裡握著冰鎬，怯怯地向前伸，指著狐狸。

安傑往桌子跨出一步。狐狸往內縮了一些。他再跨一步，狐狸怒吼。

「到我身邊來。」安傑對保羅說：「慢慢地，對，就是這樣。」

保羅抽抽鼻子，因害怕與傷心而扁著嘴。到了安傑身旁，他還試著安撫狐狸：

「別怕，沒有人會傷害你……我是你的朋友，不是嗎？你和我，我們都知道呀……我保證明天就有東西吃。我會替你抓一隻鹿回來……」

狐狸吼得更厲害，嘴唇也咧得更高。

「如果牠發狂呢？」路易低聲道。

由於門沒關，陣陣強風猛烈地吹進屋內，地上的灰燼不斷飛舞，天花板上的燈也晃動不止。安傑又往前跨一步。距離翻倒的桌子只剩幾公分遠。他很輕很輕地伸手去拉抽屜。刀子就在裡頭，隨手可得。他慢慢拉開抽屜，視線始終沒有離開狐狸……突然，狐狸的身子一鬆，就好像被隱形的機器射過來。這一躍又快又精準，安傑只來得及以手護臉。狐狸張大嘴攻擊，安傑痛得大叫。

「不要！」保羅也跟著大喊。

路易沒有動。他覺得背脊發涼，好像變成冰山，變成剛才看到的靜止不動的冰塊，沒有手臂也沒有腳，無法向痛苦吶喊的人伸出援手。

「保羅！」安傑吼道：「殺了牠！殺了牠！」

路易轉身面向孩子：保羅看著自己的手和冰鎬尖頭，接著看向狐狸，再看看安傑，又看自己的手、尖頭……安傑雖然高大強壯，卻甩不掉狐狸。他們翻滾在地上，在灰燼中，彷彿受風摧殘的麥稈。狐狸的牙齒緊緊嵌在安傑的肩膀。

「殺了牠！殺了牠！」

保羅跳起來。再看冰鎬尖頭最後一眼。再看狐狸最後一眼。然後往前衝去。路易閉上眼睛，周遭盡是吶喊聲、畜生尖叫聲、哭聲以及喘息聲。他壯起膽睜開雙眼時，看到一團不成形的東西：大人、小孩和狐狸纏在一起，身上沾滿血水、汗水與淚水。

安傑先掙脫，他的肩膀、臉頰和左耳都有血跡。他跪在孩子面前，將保羅往後拉。孩子滿臉驚慌，雙手緊握著冰鎬，尖頭沒入狐狸的腹側，有一大半深陷於皮肉。

「保羅……」安傑喃喃叫道。

「我殺死牠了？」

「是的。」

「你希望我這麼做？」

「是的。」

孩子的手這才鬆開冰鎬。

保羅的身體癱軟，路易看到心碎在他臉上流露，彷彿由心鏡映照而出。他知道此刻保羅眞正長大了，也感覺得到這有多痛，這番巨變亦將在他與安傑的生命中引起同樣劇烈的迴響。此時在碎石路盡頭，受盡南風千錘百鍊的房子裡，有三個迷失的男人和一隻待葬的狐狸。

第七章

一月再度來臨，路易的菸葉成熟了，菜園的土如牆上舊漆般龜裂，馬鈴薯和石頭難以分辨，兩頭山羊呈現老態，保羅的眼睛也不再像新鮮栗子一樣閃亮。安傑的肩膀結痂了，土丘旁的地面微微隆起。

安傑和路易常在夕陽西下時在門前抽菸，一坐久久不動，氣氛沉重。爲了轉移保羅的傷心，路易激勵他重新學寫字。他會寫：保羅─安傑─路易─智利─狐狸─刀子。

「你想不想學新字？」路易打開袋子問。

「我不知道。」

「雖然字很多，但用來拼字的字母卻很少，全學起來也不難。」

安傑走過來，滑坐到長凳上。他已卸下心防，不再畏懼紙和筆。此時他只想看到保羅的唇邊露出微笑，不論付出什麼代價。

「寫啊，保羅，寫給我看看。」他鼓勵著說。

「你眞的想看？」

「當然。」

保羅心存懷疑地拿起黑色墨水筆。安傑—智利—狐狸—刀子……硬直的頭髮落在紙上，有幾撮滑到筆尖下而有吱嘎聲，他仰起頭往後甩髮。安傑注視他的臉。他的五官突出而明顯，但仍看不出青春期的跡象。這孩子到底幾歲？安傑眞後悔沒有先問清楚就把他母親殺了。

「路易，你覺得保羅幾歲？」

寫字課結束後，保羅出去，留下兩個大人。

「我想……十歲，十一歲吧？」路易說：「對不對？」

「我也不知道。」

「你是他父親，你不知道？怎麼可能？」

安傑這才想起，打從保羅爲了不讓他殺人而喊出「爸爸」的那天起，他始終沒戳破這謊言。

「父親和母親不同。」他避重就輕地回答。

路易拉了張椅子到外頭，坐著面對天空。他想起自己那個葡萄酒商人父親，他清楚記得好酒的年份，卻老是忘記孩子的生日。路易明白安傑的意思。

「那他母親呢？」

「死了。」

路易遠遠望著在菜園裡除草的保羅。隨後目光轉移到土丘。

「眞叫人難過。」他說。

「是啊。」

奇怪的是，在晦暗陰鬱的光線下，在空洞絕望的空間裡，安傑想到時間的流逝，想到生命的延續又長又荒謬，想到自己即將失去保羅的愛，生命將變得更長更荒謬，他竟眞的難過起來。失去孩子的愛，他又會變成過去的他：殺人犯、小偷、流氓或一隻死活無人在乎的寄生蟲。

他把香菸丟在地上踩扁。他滿嘴灼熱口渴，走進屋內，這些感覺讓他全身發顫，因此有點心不在焉，他想抓起水壺卻沒抓穩，眼睜睜看著它掉在腳邊，撞到石頭彈起，然後碎成無數碎片。

路易從門口探頭進來問：

「怎麼回事？」

安傑呆立著，沒有答腔。這水壺，這些在他腳邊的陶土碎片，就像他剛剛破碎的心。他喉嚨緊縮，崩潰似地跪下，連撿拾碎片的力氣也沒有，身體也因啜泣而抖動不停。

路易走到他身旁蹲下。雖不明白他為何哭泣，卻油然生出無比同情。什麼？這男人，這個粗人，沒有教養又沉默寡言的傢伙，他也會哭！這世界果真無奇不有，他竟親眼見到如此畫面！他用手按住安傑的手臂，畢竟流淚的原因太多了！摔碎的水壺、寒冷、飢餓、遺棄、流亡、船難、某天隨情夫私奔的母親、以為裝滿金幣的錢包就能討孩子歡心的父親、在法爾巴拉索面對海洋的夜晚、不在身邊的妻子、達不到的夢想、遺忘的傳奇詩句、遭背叛的孩子、死去的狐狸、生存的恐懼，這一切，還有其他數不盡的事物，都可能是令人傷心的理由。

保羅看見他們時，這兩個男人還跪在地上。他剛從菜園回來，額上閃著汗水，鋤頭扛在肩上，正想喝點水。他瞇起眼，不敢相信眼前的景象。他大著膽子走上前，路易和安傑轉頭看他，他們眼睛泛紅、臉頰濕潤。這不是作夢。

當天晚上，他在已經學會的字串上加上一個新字：水壺。

幾天後，兩隻生病的山羊都死了。羊圈裡只剩兩隻。

「兩隻羊、六隻雞、幾個馬鈴薯和很多菸葉。」路易細數著。

「過不了這個夏天。」安傑說。

保羅轉身對路易說：

「你有錢不是嗎？」

「我說過我有很多錢，但在法爾巴拉索的銀行，我名下的帳戶裡。那又有什麼用？這裡根本沒東西可買。」

「這裡是沒有……」保羅坦承。

安傑和路易同聲嘆息。當然，他們不會讓自己餓死在這棟偏遠的屋裡。當然，非得想辦法解決不可。但說來容易——

「我從來沒去過市集。」保羅說。

「我也是。」路易回應道。

在法爾巴拉索，他只去高級區、餐廳、戲院和書店。沒去過市集。

「你們真的想去？」安傑問道。

他的心在胸腔裡怦怦跳。這些日子，這顆心可把他折磨慘了。不是膨脹過度，就是像籠內的猴子蹦蹦亂跳，一下狂跳，一下又縮成葡萄乾。他胸腔裡的內在活動讓他迷惑，也讓他困擾。

「你們真的想去嗎？」他再問一遍。

「非去不可……」保羅說。

「對。」路易搭腔。

安傑打了個寒顫。這話猶如秋日敲響的喪鐘。他最害怕的事就要發生，卻不知該如何阻止。如果他夠勇敢，就該殺死所有人，包括他自己，好讓時間停止，避免將臨的痛苦。但光想到取出刀子，他就面無血色。這工具如今只能用來削馬鈴薯。

第二天，他們收拾了簡單的衣物，保羅將窗板掛上，關上門。

那天早上無風無雨也無晴。雲層積成厚塊，動也不動地壓迫大地。保羅巡視菜園一圈，沿著小路往回走，輕撫土丘，喃喃說了幾句後，便轉身往南走。路易和安傑達成了共識，決定朝南方出發。北方有法爾巴拉索和一群等待著寄不出的信的朋友；北方有特木科和警察，以及他寧可不去碰觸的不愉快過往。對保羅而言，東西南北都無所謂。他的過往要留在這裡，留在一切的中央核心，留在這塊荒蕪的土地上。

「走吧。」他說。

路易帶著袋子，安傑也帶了刀子。保羅則在口袋裡塞了一把土。

第八章

他們遇到的第一個人是個登山客，一個尋找高山的比利時登山客。

「你來對地方了。」路易說。

「我準備得很周全。」比利時人說。

他在納塔勒斯港租了一頭驢子，用來背負袋子，據這位冒險家說，袋中裝的東西至少能讓他在險峻的山中撐兩個星期。

「你們想看嗎？」

他自豪地展示保命食糧、脫水湯包、熱水瓶，接著一一取出全新的登山用具：肩帶、繩索、登山釘、登山鞋、電熱毯……

「我夢想這天已經十年了！」他雙頰火紅，打趣地說：「你們可以想像，我採買裝備的時間可多了！」

他發現對方似乎無意閒聊，便斂起笑容。最強壯的那個男人尤其令他害怕。可是，他到底是智利人呀！大家不都誇讚智利人好客、善良又慷慨嗎？

「好了，我還得趕路。」他急忙收拾行囊說道。收拾之際，他背對著安傑。

他們遇到的第二個人是騎士，來自彭巴大草原的農場，自大又傲慢，正趕著十幾頭肥綿羊前往旁塔阿雷納斯。

「喂！」安傑喊道。

農場主人停下馬，對牧羊犬吹了聲口哨，羊群也跟著停下來吃草。他帶著戒心打量這支怪異的三人行伍。

「我們要去旁塔阿雷納斯，」安傑解釋著：「走這條路對嗎？」

農場主人點點頭。

「還很遠嗎？」保羅問。

「很遠。」農場主人回答。

安傑說他們的驢子出了點狀況。

「腳跛了，能不能麻煩你瞧瞧？是左前腳。」

農場主人對馬和驢這些動物很熟悉。他下馬後將韁繩交給保羅，彎身檢查驢腳。

檢查之際，他背對著安傑。

「這樣不好。」安靜一段時間後，路易開口。

他與安傑共騎，坐在後側馬臀上。四周的天空正不斷聚積厚重雲層。路易搖頭說：

「不，這樣真的……」

安傑猛扯韁繩，馬立刻停住，路易沒把話說完。

「如果你想走路到旁塔阿雷納斯，沒有人阻止你，」安傑說：「你下馬吧。」

路易無話可說。儘管他不贊同安傑掠奪旅者的行徑，但對於能省去長途步行的勞頓卻暗自高興。然而不管怎麼說，這還是竊盜。

「保羅會怎麼想？」他附在安傑的耳邊說：「對這年紀的孩子，這是不好的示範。」

安傑聳聳肩。這次他沒有殺人而且表現得像文明人。不過是用刀尖抵住兩人的頸背嚇唬他們而已，這有什麼關係？況且多虧比利時人全新的登山用具，才能將他們綁得牢牢的。唯一遺憾的是農場主人的狗；這畜生太凶悍，不得不除掉。羊群被槍聲嚇得四下竄逃，保羅隨後追去，一隻也沒追回來。

「事情有可能搞砸，」路易又說：「如果農場主人搶到了槍……」

「他沒搶到。別再唧唧哼哼的，聽了就煩。」

路易不再作聲。槍就在馬腹側的皮套內晃盪著，安傑隨時可能會拔槍。路易屈服地嘆了口氣。安傑策馬走在崎嶇小路之際，想著登山者的高聲恐嚇：「我要向大使館投訴！我會找到你們的！」但那憤怒的吶喊被橫掃過草原的無情狂風給吹得七零八落。

「我之後說不定會後悔沒殺死他們。」安傑喃喃地說，他也想著同一件事。

路易感覺一股寒意直竄上脊背。安傑不像在開玩笑。他是那種不把生命當回事的人嗎？他不敢相信同行的夥伴竟是個殺人犯，尤其自己還見過他痛苦流淚、照料山羊。他決定提高警覺。

保羅騎著驢子走在他們旁邊。他安靜地挺直腰桿，眼睛直視前方。彭巴草原農場主人的儀表讓他印象深刻，便試著有樣學樣。他盡情地享受原野、享受風，甚至開始想像出乎意外地舒適的夜宿營地、暖和的毛毯，和飄散在空氣中的濃湯香味。方才，安傑的舉動絲毫不令他詫異。他對法律與道德約束一無所知；沒有人教過他不可偷竊，也不能綁住比利時人。這是他有生以來第一次對未來有所期待。他期待市集、城市、牛隻與羊群。智利有如一條儀式用的紅地毯，在他眼前展開。當他抬頭挺胸、自豪地騎著驢子進入旁塔阿雷納斯，姿態將如凱旋歸來。

第九章

他們花了三天才抵達旁塔阿雷納斯。這三天以來，經過高山原野、曲折溪流、挨寒受凍，屁股也在驢馬背上磨得烏青。在安靜的三天裡，他們像寄居蟹一樣縮在自己的殼裡。

抵達之後，他們累得幾乎無法騎坐。他們彎著身子，十分消沉，稍微一動便發出痛苦呻吟——屁股上長滿令人疼痛難忍的癰子；完全沒有凱旋的氣氛。

由於口袋裡一分錢也沒有，他們便直接前往銀行去提領路易的錢。

「你最好在外面等我們。」路易向安傑建議。

「爲什麼？」

「因爲得有人看著牲畜。」

「我又不是馬奴。」安傑嘟囔著。

路易撥撥保羅的頭髮說：

「老實說……我真的覺得只和保羅進去會比較好。比較體面。」

安傑瞇起眼睛，咬牙切齒。

「這是銀行，你懂不懂！」路易惱怒地低聲說：「有電子監視系統的地方！」

安傑戒慎地斜瞄一眼，那是棟灰色的四方建築，外表毫無魅力。門上方裝設了一架監視錄影機，像哨兵似的盯著客戶。他想到他的刀子，想到他用刀子做的一切。這看得出來嗎？監視器能看穿他，偵測到他的眞實性情嗎？

「好吧，」他說：「可是保羅要跟我留下來。」

「不，他跟我進來。」

「他留在外面！」

「進去！」

「留下！」

保羅拉著路易的手說：

「我從來沒見過銀行裡的樣子。」

安傑覺得他的心縮得好小，像葡萄乾一樣。他不明白路易在玩什麼把戲、在打什麼主意？爲什麼說帶孩子進銀行比較體面？他想對櫃檯人員說保羅是他兒子嗎？他想讓保羅喊他「爸爸」嗎？他要從此剝奪這份愛與溫柔，這份終於讓他生命具有意義的奇異幸福嗎？

路易蹲在保羅跟前，用手指把粗硬蓬亂的頭髮理順。接著把襯衫領子翻起，撢撢外套袖子，掉落的灰塵惹得保羅直打噴嚏。路易把手帕借他，是一塊方巾，出奇的潔白。

「嗯，」他起身說道：「這樣可以了。」

安傑最後還是讓他們手牽手進了銀行。他獨自留在外頭沒戴帽子，這時開始下毛毛雨，晶瑩的小水珠落在旁塔阿雷納斯色彩繽紛的屋頂上，就像灑下的糖粉。

進了銀行，保羅脫下在登山行李中找到的手套，讓身體在暖氣中舒緩。有人來來去去，也有人耐心地在櫃檯前排隊等候。其中有穿灰色西裝的城裡人、穿黃色防水衣的漁夫、穿毛皮外套的牧人，還有女人。保羅已經好久沒見過女人——自從母親死後就沒見過。他非常好奇地看著，她們有些穿著裙子和高跟鞋。保羅發現路易也在看女人，而且看得非常認眞。

他們在提款櫃檯前面排隊。在偏僻的屋子度過那麼長的時間，又在路上走了幾天之後，置身銀行給他們一種奇妙的感覺。在這裡聽不到風聲雨聲，卻有嘈雜的人聲、機器撞擊聲和電話鈴聲，蒸氣迷濛的玻璃窗外的世界，看起來很不眞實。保羅從未踩過地毯，他眞想脫下鞋子，讓腳掌感覺那種柔軟。與他原來充滿岩石、泥土與風的世界相比，銀行彷彿一個安靜舒適、文明的神奇宇宙。他好像穿越了時空，來到一個不同於他居住之地的星球。然而，他並不害怕。有路易在身旁讓他放心：他熟悉城市的事物，值得信任。

來到櫃檯前，保羅得踮起腳尖才能看到後面。有位頭髮花白的女人對他親切微笑，問路易需要什麼服務。路易打開袋子，拿出皮夾，將身分證交給她。她轉身打了一下電腦，再次帶著微笑請路易填表格。這段作業期間，保羅注視著盆栽、掛在牆上的石英鐘、附金屬抽屜的家具，行員從抽屜取出紙張，急忙交給那些被室內熱氣烘得昏昏欲睡，但仍規矩等待的客戶。在這裡，沒有人抓蛇，沒有人冷不防拔出刀來或拔雞毛，角落裡還有飲水機與塑膠杯。保羅看著擦身而過的人互道「你好！」「再見！」「最近好嗎？」一切如此簡單而愉悅。

最後，女士從櫃檯遞給路易一疊新鈔票。

「您的兒子想不想吃顆糖果？」她問道。

「想嗎，保羅？」路易問。

保羅點點頭。他不知道什麼是糖果，但無論這位好心女士給他什麼，他都願意接受。她拿出一個籃子。保羅看著五顏六色的糖果紙，挑了個黃色的。

女士又笑著說：

「我最喜歡的也是黃色！」

她與孩子四目交接，眼中閃爍著祖母般的慈愛。

接著得離開了。保羅難過地扣起外套釦子，低垂著頭。走出銀行時，他緊緊握著糖果，決心將它當成護身符保留一輩子。那張黃色的紙，有如天上灑落的細細陽光，一定能帶給他幸運。

第十章

牲口市集還有兩天才開市。這段時間路易的錢足以支付伙食和住宿費。剩下的還可以買幾隻綿羊，再買頭牛也未嘗不可。

路易打聽到城北有家客棧能爲驢馬提供糧草，再加兩間附有盥洗臺的房間，收費十分低廉。傍晚時分他們冒雨前往客棧。安傑還在因銀行的事不痛快，一直沉默不語，還故意策馬去走凹凸不平的車轍和雞窩。每顛一下路易就痛得呻吟。這個城市人的屁股受不了這種酷刑。

客棧看起來像妓院之類的危險場所，傾斜屋頂下有幾扇骯髒小窗，由於從未打開，裡頭因水氣凝結而腐朽。進門後溼溼的狗味和人的汗味撲鼻而來，讓投宿者毫無胃口，這倒也不是壞事，因爲伙食很差。老闆長得矮小瘦弱，留著一把黃鬍子，嘴裡隨時咬著舊菸斗。他帶安傑和路易去看房間，保羅則領著牲畜到後院，那裡架了遮雨棚充當馬廄。泥土混著牲畜糞便黏上鞋底。涉過爛泥之際，他想到銀行，不禁將糖果握得更緊。既然世界上有鋪著地毯的溫暖房子，爲什麼他得住在這種地方？

在堂屋裡，老闆娘爲他們準備了過鹹的燉羊肉和摻水的酒。油膩的桌面坑坑洞洞，椅腳長短不齊；壁爐滿是黑煙垢，還有濃煙在客人頭上飄蕩，彷彿海上升起的霧。因爲只有兩個房間，三人如何分配成了問題——保羅該和誰睡？

「他和我睡，」安傑態度堅決：「我是他父親。」

「我的房間比較暖和。」路易反駁。

「可是比較小。」

「我看到你房裡的盥洗臺堵塞了。」

「保羅不需要盥洗。」

保羅一面嚼羊肉，一面看著堂屋牆上的畫。畫裡是旁塔阿雷納斯的生活景象：停在港邊的拖網漁船、剛做完彌撒走入陽光底下的人群與市場。

這些畫還不錯。他受到色彩的吸引，起身走向描繪港口的那幅畫，伸手輕撫畫布。

「小子，別亂摸！」老闆從堂屋內側大喊。

保羅嚇了一跳，趕緊將手插進口袋。老闆朝他走來，問道：

「你喜歡嗎？」

保羅抬起頭說：

「我從來沒看過……」

「你從來沒看過畫？」

保羅搖搖頭。老闆帶著驚訝和些許慈祥看著他。

「這是我女兒黛莉亞畫的。」

老闆轉身對路易和安傑說：

「想買的話，可以賣給你們。」

路易隨之起身，走到保羅身邊。他把畫看得更仔細些。

「你喜歡嗎？」

「喜歡。」保羅細聲說。

「多少錢？」路易問老闆。

老闆打手勢請他稍等，然後穿過堂屋消失在小門後面。這時安傑也站起來，他覺得混亂。

「你以爲有錢就了不起了，是嗎？」

「我沒這麼想，」路易心平氣和地回答：「不過是花錢而已。」

幾分鐘後，老闆帶著一名年輕女子回來。

「這是我女兒黛莉亞。」

女子怯怯地走近。她穿著粗布工作服，披著披肩。濃密的黑髮用髮箍紮在腦後，亮麗的臉龐透著破曉的柔和。保羅見她瞧著自己，頓時不知所措。

「是你要的？」她小聲地問。

保羅沒有出聲。

「是的。」路易代他回答：「我想買來送他。」

「我們還沒決定。」安傑表明態度。

女子轉頭去看這個說話粗暴的人。殺人犯安傑艱難地嚥了一下口水。

「大家坐嘛！」老闆說：「請你們喝我個人收藏的酒。」

四人一塊坐到桌邊。保羅面對黛莉亞，路易坐他旁邊，安傑坐在黛莉亞旁邊，不知節制地替自己斟酒。女子說著她的畫、城市的色彩、她的散步，以及選擇主題的心態。她臉上光彩煥發，雙眼閃耀有如火盆。

「我想到聖地牙哥上美術學校。可是要搭火車、租房子、買用具……我們家負擔不起。所以我就畫畫，想賣畫存點錢。每個禮拜我都會找一天在市場擺攤。有時候，遊客會買個一兩幅。掛在客棧這些畫主要是裝飾用。農場的人不太會注意畫……」

她的目光停留在保羅身上，又說：

「幸好還有一些感性的靈魂，和懂得欣賞的孩子。」

她對他笑了笑。接著路易熱切地談起法爾巴拉索的美術館，列舉知名畫家，說著文謅謅的冗句。偶爾停下來搜尋適當用字，舉出重要日期，欣喜若狂地談論陌生的色彩如硃砂、胭脂紅、普魯士藍、赭土、翠綠……聽得保羅幻想連連，黛莉亞亦興奮不已，他們話語交融，在保羅耳邊飛舞。

安傑咬緊牙關，強抑怒火。

「再來一杯嗎？」他問黛莉亞。

「好啊。」

保羅看到安傑的手偷偷碰觸黛莉亞的手，還看到他灑出一些酒。

「我向妳買這幅畫，」路易決定了：「妳說多少就多少。」

黛莉亞又看看保羅，說道：

「你眞幸運，有這麼好的爸爸。」

安傑正要開口，保羅卻搶先一步解釋：

「路易不是我爸爸。」

黛莉亞挑高了眉，轉頭看安傑。她簡直不敢相信，這個粗手粗脖子的男人竟有如此清秀的小孩。安傑感覺到她目光中的懷疑不信任，立刻便想逃離此地，但他還是勉強坐著不動。

黛莉亞起身取下那幅畫。

「你幾歲？」她問保羅。

「我不知道。」

「那你叫什麼名字？知道嗎？」她笑著說。

「保羅。保羅．波羅維多。」

她將畫背朝上放在大腿上，從衣服口袋拿出一支筆寫上：「送給雙眼閃亮的保羅．波羅維多，在旁塔阿雷納斯的夜晚。」然後把畫交給孩子。

路易暗示黛莉亞，他不想在到處都是人的堂屋讓錢財露白，請她隨他到樓上房間。黛莉亞點點頭。她雙頰粉紅，保羅覺得空氣中好像有電流輕刺頸背。

路易拉起黛莉亞的手，站起來，轉身對繃著臉、依舊動也不動地坐在椅子上的安傑說：

「好吧，保羅就跟你睡。我只好一個人……那也沒辦法！」

第十一章

當天晚上，安傑無法入眠，再次想除掉路易，但除了謀殺想不出其他法子，這讓他很爲難。在兩次狂怒之間，他傾聽著保羅平穩的呼吸聲。孩子的氣息像清涼藥膏一樣爲他鎮住燒灼感。接著腦海中又浮現黛莉亞的美麗面容，她的秀髮，她那火焰般的眼眸，不禁再度氣結。

最後他實在忍不住，便穿上靴子出去。現在幾點了？客棧二樓的走道沒有一點聲音。他把耳朵貼在路易的門上也沒聽見聲響。這種寧靜比什麼都糟。安傑走下樓梯，壓得木板格格作響。他打開大門，任由冷風打在臉上，感到內心湧起一波波痛苦與暴力的巨浪，巨大到身體無法承受。他往外走，走進潮溼的黑夜。

他夢遊似地往市區走去，彷彿時間全混在一起了：他看見過去生命中的其他城市、其他夜晚。進入旁塔阿雷納斯，跳出來的卻是塔卡瓦諾和特木科：有影像，有感覺，有夜晚；酒吧的霓虹燈、開槍、打架、恐懼、怨恨和厭惡。他開始奔跑。在路的盡頭有光，光線在眼前波動；安傑痛苦得發狂。

他進入的第一家酒吧人山人海，一群年輕男女在桌子中央笑著舞著。他打聽了一下：原來破曉時有艘漁船要起錨出航，所以大夥兒正在慶祝。拜大海之賜，這些臉頰發紅的男人將在海上度過數周什麼都沒有的日子。聽見死神的敲門聲，他們更加盡情地喝酒跳舞。不知何時，安傑手中多了杯酒，接著又是一杯，然後又一杯。他和其他人一起大笑跳舞，彷彿不再是自己，而是將靈魂留在人行道上的分身。他一面跳舞，一面感覺到刀子有如另一顆心，在上衣口袋裡跳動。

後來他倒在長軟椅上，有個醉醺醺的金髮女子，頭靠著他的肩昏睡著。她身上散發著菸草、酒精和汗水的味道。他搖搖她，在她迷濛的眼底，他看見自己的倒影：線條生硬的臉頰、骯髒的鬍子、發狂男子露出的獰笑。突然一道電光穿透了他，他將女孩抱到嘴邊——他不知道是爲了吻她或吞噬她。周遭的人全都陷入狂喜狀態，瘋狂地兜著圈。安傑手臂發軟，女孩滑到椅背上，格格地笑著。她說了什麼，但安傑聽不懂。他將手掌貼在髒兮兮的牆面，想喘口氣，低頭卻看見她胸口起伏地坐在地上，坐在泥巴印和溼紙張當中，又睡著了。安傑喉嚨緊縮。不，他不能。他不要這女孩，不要黛莉亞，也不要其他女人。

他鬆了口氣地站起身來，張開手肘擠過飲酒作樂的人潮，再次走到外頭。

接下來，他在港口附近的街道走來走去，毫無時間概念，只是在黑暗中吐口水、大吼大叫，對自己與世界厭惡至極；此時此刻，他眞希望自己是另一個人！

天色漸漸亮起，他這才停下來。一道強光染紅海面，他忽然覺得冷，也才發現狂熱消退，他抖抖身子，決定回客棧。保羅就要醒了。要是發現身旁沒有人，他會怎麼想？他會以爲被拋棄了！

安傑往城區高處跑去，吸著清晨寒冷的空氣，將剩餘的惱恨與暴力一股腦從鼻孔呼出。

回到房裡，保羅在床上縮成一團，依舊平靜。安傑坐在床沿，很輕很輕地用指尖撫著孩子的額頭。他就這麼動也不動地坐了一小時，彷彿第一次了解生存的意義。生存就是：在不確定中誕生的黎明，孩子熟睡時的呼吸，以及擁有殺人犯雙手的男人，坐在黑暗中感受的痛苦。

第十二章

保羅醒了，有東西壓在腿上讓他不舒服。他坐起身來，安傑橫躺在床上，衣著整齊。原來是他的身體壓在他腿上。保羅抽出腿，俯身望著這男人的臉，感覺到他溫熱的氣息後才放心。一度，在初醒時的恍惚中，他以爲他被神祕的力量擊垮而死去。他掀開被子下床，穿衣時凝視前一晚放在五斗櫃上的畫。港口。漁船。防水衣的黃點。海洋。若稍稍瞇起眼睛，就會覺得彷彿要被吸入畫中，甚至聞得到魚腥味。他的心像海綿一樣慢慢漲大，內心深處有什麼微顫著。這讓他迷惘，也無比歡喜。

安傑在床上打呼，保羅離開房間。

他在樓下沒見到路易，又不敢去敲房門，於是選擇去看驢和馬：這兩頭牲畜畢竟也像是兩個人。

泥濘的院子上方升起一輪灰濛濛的太陽。保羅跳過多處水窪，來到遮雨棚底下，驢子和馬身上溼亮亮的，此時餓得直蹬腳。他在棚內角落裡找了些乾草，坐在舊馬鞍上看牠們吃草。他身後有幾根生鏽的鐵釘，掛的是路過旅客的遺失物品：馬鞍墊、肚帶、馬刷、籠頭……保羅抓起馬鞭玩了一會，將身旁乾草打得四散紛飛。之後他用馬鞭末端在泥地上鬼畫符。起初只是隨意畫畫，後來他發現馬鞭用來順手，便爬下馬鞍寫了起來。一個個字在泥中現形，比寫在路易的白紙上還要好：保羅—智利—狐狸—刀子—水壺。

他盯著寫出來的字。想了想，怯怯地寫出一個T，然後一個A、一個B、一個L和一個O。①

「早啊，保羅！」院子裡響起一個聲音。

保羅嚇得跳起來，看見黛莉亞走近不由得微微臉紅。他將有字的泥巴踩平，並連忙蓋上乾草。黛莉亞裹著披肩走到棚下。她撫摸驢頭，又撫摸馬頭，問道：

「是你的嗎？」

「是。」

「看得出來你照顧得很好。」

「是。」

她在他面前蹲下，又問：

「你好像是爲了牲口市集來的？」

「是。」

「他們倆哪一個才是你父親？路易或安傑？」

保羅皺眉低頭，該怎麼回答？兩個都不是他眞正的父親，但他該怎麼說呢？安傑照顧他、餵飽他、送他狐狸；路易教他寫字、認識詩歌之美、送他畫。這兩個人讓他活下來，也讓他痛苦，就像父親一樣。黛莉亞看出

①【譯注】Tablo：圖畫之意。

他的窘迫，便換個話題。

「你想買幾隻羊？」

「我不知道。」

「十隻？」

「對。」

「買十隻羊需要很多錢！」

「還要買頭牛！」

「路易真的很有錢？」

「是啊。他去銀行跟一個好心的女士要，她就給他錢。她也給我……」

保羅忽然打住。他不太想提起幸運糖，怕一洩漏，糖果就失去魔力。

「她也給你什麼？」

「沒什麼。一杯水而已。」

黛莉亞笑起來：「你眞是個有趣的孩子！」

她冰涼的手插進保羅蓬亂的頭髮，靠上前抱住他，並在他臉頰上親一下。因為外頭很冷，她快步穿過院子回到客棧。看著她的身影消失，保羅被一種前所未有、即使想起躺在土丘之下的母親也未曾有過的悲傷情緒所淹沒。這強烈而深沉的悲傷很美，而且非常私密、非常祕密，耐心尋找就能在其中發現重要的事實。他望著一直拿在手裡的馬鞭。「水壺」、「智利」甚至「圖畫」這些字都無法表達他的感覺。

安傑醒來後發現保羅不在床上，頓時感到被拋棄的失落。他扭開水龍頭，往臉上潑水，抬頭看看布滿鏽跡的鏡子，懷疑自己是否有活著的價值。就要三十七歲了，他的父親就在這個年紀得肺結核死去。安傑伸手按在胸前，肺部有燒灼感嗎？要是他死了，即使無法為所有被他殺死的人報仇，終究也算是天理昭彰不是嗎？肺結核不是鬧著玩的。還記得五歲時見到父親痛得直不起身子，吐黑血，至今仍記憶猶新。從那時起，他就活在血的氣味中。

保羅趁他熟睡時離開了。是和路易在一起嗎？或者還有黛莉亞？若真是如此，他將從今日死去，因爲以後的生活他再也承受不起。

他用袖子捲起的部分擦乾臉。走出房間，走廊上沒有人，但聽見竊竊私語與笑聲，他輕叩路易的房門。

「哪位？」

「安傑！」

「等等！」

有些隱隱的聲響和腳步聲，路易開了門，頭髮亂七八糟。

「保羅呢？」安傑問道。

「我不知道。」

「我看到他在遮雨棚底下，和牲畜在一起。」路易背後傳來黛莉亞的聲音。

安傑瞪著路易的眼眸深處。然後，出乎意外地微微一笑。路易不明白這一笑的意義；但對安傑而言，這是很美、很美的一天。保羅在遮雨棚底下等他，代表他從死神那兒又贏得一天。路易和黛莉亞過夜無所謂，別人的幸福無所謂。

「給我一張鈔票，」他要求：「我帶孩子到港口去吃頓大餐。」

路易點點頭，關上門，隨後回來遞給安傑兩張鈔票。

「你也可以吃一頓。我呢，要買一些畫。」

他眨了眨眼。

「謝啦。」安傑說。

他抵著腳跟轉身，啪噠啪噠地下樓去。他再也不嫉妒。黛莉亞想怎樣都好，路易也可以去開美術館，他不在乎！保羅沒有拋棄他，只是早起！

可是保羅不在遮雨棚下，驢子也不見了。安傑循著院中的泥蹄印找著。他覺得好像有人往他肚子刺了一刀。保羅！走了！一個人！出了什麼事？是他腦海突然閃過什麼瘋狂的念頭嗎？安傑衝向馬匹，拉起韁繩跨上馬背疾馳而去。驢蹄在柏油路上留下泥印，但沒多遠就消失了，無法辨識確切方向，安傑想也不想便直奔港口。他有點了解保羅了。要找他就該到那兒去，那個漁船來來往往的地方，畫家畫漁船的地方。

第十三章

長時間注視大海會看到奇怪的景象，晴朗無雲的夜空也可能有同樣效果，不過得盯著星星看很久很久，還要想像太陽、星球及圓球的形狀，這需要豐富的想像力。而大海無邊的遼闊原就存在，就在眼前。這時就會產生這些現象。

安傑錯了，保羅不在港口。他由城東出城，走上讓他想起家門外小徑的碎石路。不過路的盡頭不是颳風又荒涼的廣闊土地，而是垂直落入海灣的懸崖頂，這道海灣就是麥哲倫海峽。

驢子累了，保羅把韁繩卡在岩縫，他走到崖壁旁邊凝視大海，心底有千百種奇怪的感覺折磨著他。

注視著海浪、浪花與迎風飛翔的小鳥，他漸漸遺忘身軀，彷彿飛翔或漂浮在天地間，不再受地心引力作用影響，輕如雪花。他幾乎可以感受到海水與海流的起伏波動，低下頭，眼看就要撞上岩石時，他成爲一道海浪。平放在海沫中的雙手，讓他與地球保持聯繫。保羅從未學過地理學、地質學或天文學，卻能清楚想像自己在宇宙間的位置。他覺得什麼都明白了，臺上布幕已落，事實水落石出。

他看到自己的出生，看到在母親腹中努力闖出的小路。每一次吸氣都像第一次接觸空氣。他還聽到自己發出的第一聲哭喊，這哭聲呼應著開天闢地以來，人類世世代代發出的所有哭喊。

這千千萬萬的嬰兒後來怎麼樣了？有些死去，有些長大。長大的嬰兒中有窮人、國王、航海家和工人；有人領軍打仗，佩戴征服者的劍威風昂立；有人恐懼顫抖，跪在地上與灰燼中，像瘋子或受傷的詩人般祈求上蒼。這番人性在保羅內心蠢動之後，隨即跟著一個令他傷心欲絕的事實消失：他沒有母愛。

他哭了，獨自對著大海哭泣。

他哭了許久。

他還在哭。

風慢慢吹乾他的淚水，臉上盡是一道道白色淚痕。哭泣不是因爲母親的死，而是她在世時，親過他的臉頰嗎？他記憶中從來不曾有過。在她身邊，他感受過黛莉亞抱他的那種溫暖嗎？也沒有。沒有這些，他是怎麼活過來的？

驢子在他身後低叫。

保羅往海裡啐了一口。

第十四章

馬蹄重重踩在柏油路面，馬的鼻孔翕動著，安傑立在馬鐙上喊著保羅的名字。他眼中看到像是黛莉亞畫中的點點色彩，還有在他面前紛紛逃開、輪廓模糊的人影。

「瘋子！瘋子！」人們高喊。

安傑騎著馬衝過人群，奔向船隻，飛躍過繃緊的纜繩、成堆的木桶以及大批的釣客和無數魚簍。已分不清嘶叫的是人還是馬，兩者眼中都冒著火。

「快叫警察！」一名婦人喊道。

「快通知精神病院！」另一名婦人也說。

安傑的衣裾隨著馬的奔躍飛揚飄蕩，好似憑空出現的幽靈，在不屬於它的世界裡迷途痛苦。

最後幽靈來到碼頭盡頭，馬在大海前抬起前腳，直立嘶鳴。男子再次呼喊。保羅！他身後的港口擠滿了目瞪口呆的人。他們從未見過此般景象，得趕緊通知警方。

電話忙線之際，發瘋的男子顯然因找不到人而消失。警察到達港口時，他已離開。幾名圍觀者描述他的特徵：證詞相符，應該不難畫出畫像。

「損壞了些什麼嗎？」

「有。他踢翻了成堆的空魚簍，踩扁了幾條死魚。」

「有無傷及他人？」

「有！他害釣客驚嚇過度，落入港口骯髒冰冷的水裡。」

「那好。我們會找他來訊問，到時再說。爲了愼重起見，我們會參考其他省份的警方資料，並將他的體貌特徵通報聖地牙哥。」

安傑疾馳而去，淚眼模糊。他憑直覺沿著海岸走，柏油大道之後接著風吹草低的荒涼小徑。奔馳之際，整個胸腔如火般燃燒，嘴裡不斷呼喊保羅的名字。這孩子會不會被壞人、被人口販子擄走了？會不會失足落水？會不會淹死？

「保……羅！保……羅！」

忽然間，安傑看見在崖邊吃草的驢子，他拉扯韁繩，讓馬慢下來。他的心倏地停止不跳了——沒看見孩子。一步，一步，慢慢來，對，這樣才不會嚇著他。

繞過荊棘叢，在驢子背後他看見保羅的矮小身影。安傑的心這才又開始跳動。他一個人坐在崖邊做什麼？安傑下馬，像蛇般靜悄悄地走向他。刺骨寒風在耳邊呼嘯，廣闊海洋在眼前展開，峭壁如遇難船隻飄搖不定。

「保羅……」安傑小聲地叫。

保羅轉頭看，兩人還隔著兩三公尺。

「我要跳下去。」他說。

安傑強忍驚呼。這時，哭泣孩子的手指壓碎了一些小石子。只要一個不小心就會自空中翻落。

「爲什麼要跳？」安傑問。

「因爲想死。」

「爲什麼想死？」

保羅沒有回答，卻回頭看海。安傑又往前一步，然後定住，像是「一二三，木頭人」的遊戲，他感覺到繫著孩子、土地與生命的那根線十分脆弱。

「我可以到你身邊嗎？」他問。

「不行，你會阻止我。」

「我爲什麼要阻止你？」

保羅看著安傑。

「你說，」安傑又問一次：「我爲什麼要阻止你？」

「因爲……」

驢子動了動耳朵。

「因爲你想盡辦法要讓我生氣。」保羅終於說出來。

「這不是眞正的原因。」

「是嗎？那你爲什麼殺死我父母親？你爲什麼到我家來？你爲什麼要送我狐狸？」

安傑趕緊回答。

「我的確做了這些事，」他說：「爲什麼呢？因爲我笨手笨腳。」

保羅嘴角動了一下，似笑非笑。

「眞的很笨手笨腳。」他同意。

隨後他又沉下臉來：

「我現在要跳了。」

「等等，我話還沒說完。」

馬用鼻孔噴著氣，幾隻鳥在頭頂上高鳴；兩片散裂的雲間看得見月亮，雖然天還很亮。

「路易給我兩張鈔票，」安傑說：「一張給你，一張給我。我請你進城吃大餐。

「我不餓。」

「吃飽以後可以去看商店、看船、做做夢，夢想另一種人生。」

「我不……」

「等等！」安傑打斷他：「我要說的是，這才是眞正的理由。我到港口找你，我在城裡到處喊你的名字。你知道爲什麼嗎？」

保羅縮起手指，有些細石子跑進指甲裡。

「因爲你愛我？」他問道。

「對。」

安傑一邊說，一邊慢慢靠近。現在他們之間只剩一公尺。他看見保羅雙眼發紅，臉頰上一道道白痕彷彿曲折的河流，還有幾處河口和巨大的三角洲。

「你眞的愛我？」孩子問。

「眞的。」

安傑看見他雙腳往岩壁用力一壓，看見他抬起屁股，身子往前傾，在淡藍的天色裡形成剪影。他大叫一聲撲上前去，手伸得筆直。

手指、衣服、動作、石子、喘息、喊叫全攪在一起，亂成一團。安傑抱住保羅瘦小的上半身，牢牢地抱著。他全身的力氣都集中在手臂上。孩子不斷掙扎，但他往後爬，爬到離崖邊好遠好遠。遠離危險後，安傑按住保羅的肩膀，將他壓在地上，他們四目交接。

「可是你永遠不會是我的父親……」保羅悄聲說道。

「的確。」安傑回答。

他往地上一坐，也扶孩子坐起，伸手環抱著他，輕輕搖晃。不知不覺，他竟唱起歌來。這首由記憶深處回溯至嘴邊的是什麼歌呢？他的親生母親曾經唱給他聽的歌嗎？當時他還太小，不知道她即將死去。或者這首歌是他偷來的？某天從一扇敞開的窗戶傳出，被他像偷其他東西一樣偷來嗎？這不重要。有人從來不曾唱歌，卻在必要時突然開口唱了，一心只想著安慰人，他就是抱著如此誠摯的心為保羅唱歌。

「我不過是個殺人犯，」他輕聲說：「但我知道一件事……傷心的時候如果剛好有個肩膀可以倚靠哭泣，就不該猶豫。」

他又把他抱得更緊，然後說：

「哭吧。」

保羅哭的時候，感覺到夾在褲子口袋褶縫中的幸運糖緊緊壓在大腿上，就像證明他還活得好好的。

第十五章

他們在微弱的天光中回到客棧，肚子飽脹、雙手僵冷、眼光閃耀，還有一顆心敏感得像發炎發癢的皮膚。堂屋裡的桌子都擺好了：破舊髒污的方格桌巾、湯盤、紅酒壺。黛莉亞與路易在壁爐邊牽手擁吻，全然不顧屋內瀰漫的洋蔥味。

「我都要為你們擔心了。」路易說。

「看得出來。」安傑邊脫外套邊說。

「保羅，過來！」路易叫著。

保羅怯生生地走向火邊。他不敢看黛莉亞，深怕看見她眼裡閃爍著愛的光芒，那種特殊的愛是大人的祕密，小孩不能參與。早上她猶如母親一般的愛撫與親吻會讓他心慌意亂，他擔心這一眼會破壞回憶。

「安傑有沒有好好照顧你？」

「有。」

「你看到船了嗎？」

「看到了。B—A—T—O。」

路易臉上露出燦爛的微笑：

「很好，眞的很好！」

黛莉亞掩嘴噗哧一笑。保羅差點抬頭看她，但終究忍住了。

「『船』好像不是這麼拼的，」路易解釋：「不過沒關係。重要的是我知道你的意思，對不對？我們來喝點東西吧！」

黛莉亞起身進廚房拿杯子和酒，路易趁機把保羅抱到大腿上，說道：

「明天是個大日子。我們一大早，天還沒亮就要上市集。你等著瞧，中午過後就買不到最好的牲口了。」

保羅聽到黛莉亞回來，便跳下路易的大腿。去了市集之後呢？黛莉亞會和他們一起住在偏僻的家嗎？那就得再買匹馬，睡覺也會擠一點。

四人圍坐在桌旁，杯裡都有酒，連保羅也喝一些。他的身子暖和，慢慢地放鬆下來，靠在安傑胸前。這天晚上，安傑不再像平常沉臉皺眉，他笑著乾杯，心情愉快，像個善良百姓般從容自若。客棧老闆也加入他們，說些客棧老闆愛說的故事。他說在旁塔阿雷納斯開店三十年來，看過無數古怪的傢伙：冒險家會從這裡出發遠征，還有航海家——不管是乘帆船或划槳——什麼瘋子都有，跳傘的、海上滑水專家……每個人都被地球的最南端給迷惑，願意冒生命與財產的危險來實現不可知的夢想。

老闆咬著菸斗，興致勃勃地說著。湯快煮好了，洋蔥味道也愈來愈濃。他說有時候會有冒險家失蹤，黛莉亞便協助警方描繪畫像，登尋人啓事。這份差事有助於改善生活，不過他們當然不希望有人失蹤。但是多虧黛莉亞的幫忙，人找回來了，這就皆大歡喜。

保羅躺得舒服，昏沉之間在椅子上睡著了。偶爾想起自己當天早上差點死去，還會直打哆嗦。他要安傑發誓不告訴任何人，他們在懸崖邊說的話和發生的事要永埋心底，就像保羅的父母親和狐狸一樣。安傑發誓的時候笑了：這些祕密爲他們倆建立起親密的關係。這不正是所謂的……就算不是父子，至少也是朋友吧？

翌日清晨，安傑冰涼的大手按在保羅的額上，將他拉出睡夢中。該是進城到牲口市場去的時候了。

「把東西收拾好，」安傑囑咐道：「我們不回客棧了。」

「之後馬上就走？」

「對。」

「帶著羊和牛？」

「當然！」

「那路易呢？」

安傑聳聳肩。

「黛莉亞呢？」

「拜託你快穿衣服。」

保羅聽話照做。他用安傑帶來的短雨衣包起黛莉亞的畫，確定糖果還在原位後，便在門口等候安傑整理房間，整個客棧悄然無聲。安傑用海綿擦拭盥洗臺，仔細地將床單與被子拉平。不知道爲什麼，在這奇特的寂靜中，只聽見被單晃動的窸窣聲，空氣中還有前一晚的洋蔥味，保羅竟覺得這是生命中的重要時刻。後來，當他迫不及待地想要什麼東西的時候，總會想起這些聲音和味道。

這時路易和黛莉亞躡手躡腳地出現在走廊。兩人滿臉倦容，大概沒睡飽。四人下樓後，在空空的堂屋裡喝了點熱牛奶，扣好衣領。

「走吧。」安傑低聲說。

他們走出泥濘的院子，穿過門廊，牽著驢馬徒步走向市集，沒有往傾斜的屋頂與骯髒的窗戶看最後一眼。其實保羅意識到離開此地的同時，也放棄了些什麼，但他仿效驕傲的大人模樣，沒有回頭。黛莉亞帶了畫具和一只大袋子，幾乎占滿整個驢背。

第十六章

市場裡人潮蜂擁，有些阿根廷農場主人帶著他們的綿羊、牛、狗和妻兒，從離此地不遠的巴塔哥尼亞前來，安頓在市場內像難民似的。大夥兒圍著火盆暖手喝濃咖啡，開始討價還價。年幼的孩子縮成一團在稻草堆裡睡覺，一個挨一個，由母親們牢牢盯著，面無表情地守護這個小世界，彷彿一尊尊蠟像。

另一些不富裕的農場主人則在市場外圍賣牲口。儘管有欄杆圍著，主辦人也一再告誡，還是混亂不堪。將驢和馬栓在街尾臨時設置的畜欄後，安傑帶著保羅偷偷溜進市場，留下路易和黛莉亞。他們約好稍後碰面，交換意見並討論買賣事宜。

「十隻綿羊和一頭牛。」保羅提醒。

「好，好……再說吧。」路易含糊帶過。

保羅牽著安傑的手，在逐漸沸騰的騷動與商家的高喊聲中，他像夢遊般恍惚地往前走。原來這就是市集！他既驚奇又害怕地踮起腳尖看公牛，他習慣小動物，這些肌肉糾結的巨獸簡直讓他目瞪口呆。

「你想買頭公牛嗎？」安傑將他高舉起來問。

保羅爬到他肩上，從高處俯臨，市集有如大海，數以千計的人潮與牲畜起伏，昏暗中看得到海流以及海浪打在鐵皮牆上。狗汪汪叫，牛哞哞叫，羊咩咩叫，商人高聲大喊，還使勁拍打買家的手；種種聲音製造出一種純眞喜慶的熱鬧。

路易前一晚給的兩張鈔票還剩下幾個零錢，安傑走路時，銅板就在口袋裡叮噹作響。

「要不要吃烘餅？」他問保羅。

他們鑽到一個小攤前，胖胖的老闆娘裹著套頭披風，用坑坑疤疤的平底鍋烘烤圓餅，她身上瀰漫著熱油混合溼稻草的氣味。保羅用手掌捧過烘餅，吃的時候燙著舌頭，惹得安傑發笑。

「現在我們去看最近的綿羊。」

他們停在羊圈前，肥美乾淨的綿羊在裡頭擠來擠去。最裡側的賣主和兩個農場主人在交涉。保羅攀著欄杆爬上去，伸手撫摸一隻母羊，安傑則朝商人走去。那三個男人見他走來立刻散開，停止討論。

「一隻怎麼賣？」安傑問道。

「看情形。」賣主說。

「我們想買十隻。」

「這麼少？」

「我們的農場不大。」安傑辯道。

此時保羅喊著對他說：

「我要這隻母羊！看，我們是朋友了！」

孩子高興地滿手翻弄著羊毛，母羊也不反抗。安傑又回過頭去，賣主身邊那兩個農場主人皺起濃眉，一臉懷疑。安傑覺得腹中有什麼在翻攪著，喉嚨也縮緊了些。他不喜歡這些人眼中流露的神情。

「好吧，」他低聲說：「我們待會再回來。」

他快步走向保羅說：

「走吧。」

「可是，我的母羊呢？」

「待會再說。」

「爲什麼？」

「得先和路易商量，」安傑解釋：「快走。」

他一把拉過保羅的手，往人群裡鑽，心下十分驚慌，並下意識地將頭上的風帽壓得更低。昔日的恐懼再度浮現，彷彿死屍浮上池塘水面。那些眼神！那些人！他曾多少次在旁人目光中攫住這一閃而逝的懷疑？數十次了吧？但自從到那棟偏遠的屋子之後，已經許久不曾發生。

「你爲什麼要跑？」保羅問：「我們要去哪裡？」

安傑急急奔過人群卻不自知，他們來到市場後面的廣場，太陽升起，萬里無雲的天空在屋頂上方閃耀，這天應該會有好天氣。

「哇！」保羅大叫：「是銀行！」

沒錯，銀行聳立在眼前。他們到的那天，市場空空靜靜的，安傑沒注意到。他們朝在門口跺腳等候的幾個人走去，安傑發現路易和黛莉亞也在其中，她的大袋子背在背上。

「你們來啦？」路易吃驚道，表情不太高興。

「我看到一隻母羊！」保羅興奮地說：「我跟牠做了朋友，你一定也會喜歡！」

他的目光停在路易蒼白的臉上，看出發生了不尋常的事。保羅不知道是什麼，但他覺得路易很害怕。如此美好而愉快的一天，有什麼好怕？

「你爲什麼要去銀行？」安傑問。

「我……其實……我得……」路易結結巴巴地說。

黛莉亞拉著他的手臂，替他把話說完：

「我們得再提一些錢，路易的錢不夠買十隻羊。」

「我沒想到要買畫，加上昨天那兩張鈔票——」路易解釋道。

安傑沒出聲。他的風帽垂落，蓋住眼睛，在臉上形成令人心驚的陰影。

「我可以跟你去嗎？」保羅問路易。

他非常渴望能再次進入這神奇的地方。他想再踩踩地毯，再看看飲水機、石英鐘和一切美麗的事物。

「我沒有多少時間，黛莉亞陪我進去就好，不需要一堆人擠在櫃檯前面。」

保羅張嘴想反駁。他想提醒路易，帶孩子進銀行有多體面。那天他自己說的！爲什麼現在不同？保羅看著黛莉亞。對了，差別就在這裡……但突然間，安傑從背後推他一下，他朝路易跨了一步。

「孩子想去。」他說。

「不需要。」路易還是老話。

銀行門開了，保羅瞥見花白頭髮的女士帶著愉快的笑容迎接第一批顧客。她會不會再送他一顆糖果呢？那麼他就有兩顆幸運糖了！

「帶孩子一起去。」安傑以命令的口氣說。

路易無奈地嘆口氣，拉起保羅的手。

門口暖氣迎面吹來，保羅微笑著。兩天前到現在，銀行絲毫未變，依舊如此祥和安寧，那種靜謐的氣氛彷彿置身氣泡中。

排隊時，路易和黛莉亞說著悄悄話。櫃檯前，其他人也都壓低聲音，這些祕密的交談產生一種美妙的窸窣聲，猶如風吹過樹梢。保羅拉拉路易的袖子說：

「我可不可以去倒杯水？」

「去吧。」路易說。

保羅緩步走向飲水機，盯著高疊的杯子和水龍頭看了一會，發現機器下方有個踏板。他於是壯起膽子抓過杯子，用右腳踩下踏板，一道清水隨即從出水口流出。保羅將杯子放在下面，驚喜地等著水滿到杯緣才鬆腳。

他小心地把杯子移到嘴邊。然後不斷重複同樣動作，愈做愈高興。

在天涯盡頭的家中，水是定量供應的。水壺見底時，便盡量不再喝，因爲得冒著風雨與寒冷走到井邊，還要拉繩子拉到手痛。這裡卻只要踩踩踏板，就能喝到脹破肚皮。

「別玩了，孩子，」有人經過保羅身旁說道：「飲水機不是玩具。」

保羅紅了臉，趕緊放下杯子，回去找路易和黛莉亞。二人身子前傾，趴在櫃檯上，保羅拉拉路易的衣袖。

「又怎麼了?」他不悅地問。

「我能不能再拿一顆糖果?」

路易聳聳肩掉過頭去，保羅尷尬地溜到櫃檯旁邊，想確定坐在裡面的還是那位和善的女士，但櫃員的臉被路易遮住了。

「爲什麼要授權書?」他聲音透著緊張地問：「我趕時間耶!」

「大額提款就是這樣。」女櫃員反駁道：「這是規定。」

「那好!你叫經理出來!」路易發火了。

這時他發覺保羅靠在他腳邊，狠狠瞪他一眼說：

「到旁邊去玩！」

「飲水機不能玩。」保羅回答。

「那就出去找安傑！」

保羅低下頭，他一點也不喜歡路易說話的樣子，還有他做事、看人、表現的樣子……都是黛莉亞害的！遇見她以後路易就變了。保羅懷著沉重的心走向門口。這回沒有糖果了，心裡不由得悲傷起來。當他推開門，已是淚眼盈眶。

「路易呢？」安傑問道。

保羅喉嚨哽咽，沒有回答。

「你怎麼了？」

他跪在孩子面前又問：

「你哭了？是路易嗎？」

保羅點點頭。

「他不想買綿羊，對不對？」

安傑用指尖擦去孩子頰上的淚，說道：

「別擔心，我保證一定去買那隻羊。不管用什麼方法，總會買到的，我向你保證。」

這時他忽然看見保羅臉色一變，驚訝取代了憂傷，眼睛直盯著他肩膀後方。安傑正想轉頭看看他爲何如此訝異，保羅卻猛然捧住他的臉，小聲地說：

「別動。」

安傑覺得心再次停止跳動！

「你看見什麼了？」他咬牙問道。

「幾個人。」保羅回答。

「他們在做什麼？」

「他們在你後面，在市場入口旁邊。」

「他們在做什麼？」

「貼告示。」

保羅的手像老虎鉗般緊緊鉗住安傑的臉，讓他動彈不得，保羅的雙眼憂慮地隨著張貼告示者的動作移動。

「告示上有什麼？」安傑問。

他心裡其實有譜，但他希望孩子確切地告訴他。

「有你的畫像啊，安傑，用鉛筆畫的畫像。」

第十七章

他們一大一小交換了眼神，無須言語便能了解彼此。張貼告示的人離開了市場，安傑慢慢起身，兩人手牽手往畜欄的方向走去。

安傑在風帽下不斷滲出大顆汗珠，這危險的感覺令他窒息。以前，倘若知道自己被跟上，只要拋下一切離開就好了。當時他如被圍捕的野獸，全憑直覺行動。說到底這是一種官兵捉強盜的遊戲，看誰跑得快罷了。就算被捕入獄又如何？獨自一人生活，無論牢內牢外都一樣。可是這次不是遊戲。

安傑握著保羅的小手，知道自己無法忍受這孩子被人奪走。在外面他可以繼續和他一起生活，但在牢裡……他努力驅散這些念頭。此時必須集中注意力，提高警覺，不能去想這些令人心碎又裹足不前的可怕事物。

天色愈亮，來往於鄰近街道上的農場主人和買家也愈來愈多。輪圈泥濘的四輪大車停在市場外圍，穿著套頭披風的男人一邊大喊一邊吹著尖銳的口哨，車上的牛羊不斷湧出。安傑與保羅在這人畜擁擠的環境中簡直舉步維艱，但他們也知道人潮有保護作用，便隨著東飄西盪。

在畜欄附近，安傑發現穿著制服的人影，立刻掉頭將保羅拉到一間屋子的門廊下躲藏。

「你去瞧瞧，要小心。」他對保羅說。

保羅溜進畜欄，木柱上貼了幾張安傑的畫像，有三名警察監視著驢和馬，還有一人守在畜欄前。保羅認出那是馬被偷走的彭巴草原農場主人。比利時登山客不在那裡……也許他還在荒僻的草原上高聲吶喊，也或許外交大使已將他送回那沒有高山的國家。

保羅像蛇一般靈活，溜回安傑等候的門廊下。他們沒有座騎、沒有錢，在這座城市也無處藏身。保羅凝視安傑揪緊的臉，他眼底隱隱閃著寒光。

「趁他們在市集上找我的時候，我們有機會……」他喃喃地說。

保羅伸手握住他的手說：

「要我做什麼都可以，只要能和你在一起。」

安傑溫柔地握著這隻手，發誓永遠不拋棄他。在這世上只有保羅能讓安傑發誓，也只有他能讓安傑說出「永遠」這類不可思議的言詞。安傑牽著他走進街上的人群中，沿著通往港口的斜坡往下走。

太陽升上了清澈天空。開市這天全城都陷入瘋狂。車輛堵住交通大動脈，馬匹與行人爭道，港口周邊則是此起彼落的海鷗叫聲與喇叭聲。

港口邊有幾艘拖網漁船剛靠岸，正在卸魚貨。保羅和安傑沒有多停留，而是盡可能低調地穿過擁擠的碼頭，來到觀光港口。在港口最盡頭，安傑看見他要找的東西。

「看見那艘紅色大船了嗎？」

「看見了。」保羅說。

「那就是我們的機會。」

「我們要上船？」

「不是，船上有管制。」

保羅不再多問，以小跑步跟在安傑身邊，因爲他正緊張地邁開大步走向那艘船。保羅看見紅色船身凸顯於白色懸崖前面。「B—A—T—O」。路易忘了告訴他正確的拼法，他心想可能永遠也不會知道。爲什麼人不能有始有終？這時候，他想只有安傑才能做到這點：殺人，這是有始有終的做法。他也感受到這名殺人犯的力量，他的毅力、他的堅持。保羅有信心：既然安傑發誓「永遠」不會拋棄他，就會遵守承諾。甚至會買那頭羊給他，不過這有些困難，牲口市場的柱子上到處都貼著他的畫像。

紅船附近有幾名乘客、幾個袋子、幾堆大金屬箱，還有船公司的職員在檢查登船證件。

「在這裡等我，」安傑嚴肅地說：「不要亂動。」

保羅動也不動地待在箱子堆附近，從這裡看不到安傑在做什麼，他心跳得又急又猛。

安傑衝入乘客群。不出他所料，黛莉亞和路易果然在隊伍中。打從在銀行門口看到他們，安傑就猜出他們的盤算。

他們沒看見他，神情輕鬆自在，儼然是一對正要出發去蜜月旅行的新婚夫妻。安傑將手伸進外套下，刀子還在老地方，在口袋裡。刀刃直接抵在路易的肩胛骨之間。

「別出聲，」安傑在他耳邊低聲說：「跟我來。黛莉亞也一樣，不然我就殺了你。」

這是安傑熟悉的快速與謹慎，他也很熟悉被害人的反應：身體發軟、全身冒汗，然後任他予取予求。

黛莉亞與路易走出隊伍。安傑要他們走向大金屬箱，保羅等候的地方。到了箱堆後，他用力一按刀柄，路易發出痛苦呻吟。安傑另一手抓著黛莉亞的頸背，手指緊扣住濃密的頭髮。

「跟保羅說啊，」安傑說：「他要是知道你在做什麼，一定很驚訝。」

保羅盯著路易的眼睛，不用說他也明白了。

「你要和黛莉亞去環遊世界？」他爲了求證問道。

路易嚇得不斷發抖、無法呼吸，只能點點頭。

「可是……那些奇怪的蔬菜怎麼辦？」保羅詫異地問：「會讓你生病的水呢？讓你頭痛的炎熱呢？」

「人總要面對自己的恐懼。」路易回答時，眼中充滿悲傷。

他無法向這麼小、這麼無知的孩子解釋，他找到了脫離童年的力量，如果現在不走，永遠也無法成爲男人。事實便是如此殘忍卻必要。

保羅轉頭看黛莉亞，很想知道她如何讓路易決定離開，用了什麼妙計呢？但他放棄了，這其中必有祕密，一些大人的故事。

安傑再次使力，刀鋒穿破路易的襯衫，路易輕輕叫了一聲。

「你忘了把買綿羊的錢給保羅，」安傑繼續說道：「這樣不好。」

「買綿羊和那隻母羊。」保羅糾正道。

黛莉亞開始哭，安傑用力搖晃她：

「妳人像畫得不錯，但我還是喜歡風景畫。」

「別殺我們！」黛莉亞哀求。

「只要路易把一半的錢拿出來，我就讓你們上船。」

安傑說了該說的話，便不再討價還價。路易再次全身癱軟。除了害怕，他還羞恥得揪心。保羅那天眞、充滿希望的眼神比背後那把刀更讓他痛苦。安傑讓他喘口氣，他打開袋子，裡頭裝了厚厚一疊鈔票。那是他繼承的所有財產。他取出一半遞給保羅，沒多說什麼。

「謝謝。」孩子說。

就在此時，大紅船的汽笛響起，登船時間即將結束。

「快點！」安傑將刀子放回口袋說道：「別錯過環遊世界的機會！」

路易拾起行李，黛莉亞挽著他的手，兩人一齊逃向舷梯。保羅看著他們跑上舷梯之後，消失在船艙內。握在他小手裡的鈔票微微顫動，好似柳葉。

第十八章

「生存是如此困難，」保羅心想：「一切是這麼複雜扭曲、不完全，就像彭巴草原上枯死的樹木。」

他邊走邊用手指摸著口袋裡的黃色糖果。就某方面看，它眞的帶來了好運，因爲安傑和他安全而富有地離開了旁塔阿雷納斯……但他還是懷疑糖果的力量。幸運不該是在寒夜裡，在碎石懸崖邊逃亡，而且隨時都可能落崖。若眞有幸運，應該像銀行的地毯、暖氣，像毛又濃又密的母羊。幸運應該是將孩子摟在懷裡的父親或母親，不是偷偷去環遊世界的朋友，不是除了畫漁港還將畫像交給警方的女人……

然而此時此刻，保羅該對所擁有的感到滿足了：偷來的鈔票與安傑。安傑和他的刀。

「我餓了。」他說。

「我也是。」

「我腿好痠。」

「要不要我背你？」

「你背不遠的，我很重。」

「對我來說你很輕。」

安傑停下來，將保羅舉起，讓他坐在自己肩上。那夜十分清朗，一輪巨大的明月跟著他們，好似探照燈。懸崖下海浪不斷拍打岩石。他們已過了保羅當初想跳崖的地點。

「不知道那個登山客有沒有死。」保羅說。

安傑笑了笑，保羅沒看到卻聽到了。他們不久前才與比利時人相遇，感覺卻像是好久以前的事。

「路易和黛莉亞……」

「隨他們去吧。以後再也不會見到他們，這樣最好。」

安傑加倍留意路上的小石子和坑洞。孩子在肩上輕輕搖晃，看起來好像一隻雙頭怪獸。

「你有沒有戀愛過？」保羅忽然問道。

「好像……我也不知道。」

「會不會痛苦？」

「剛開始不會，後來就會了。」

「會不會讓別人痛苦？」

安傑以鼻孔粗聲呼氣，像馬一樣。他很想扛著重擔走一整夜，但為了回答這些嚴肅的問題，卻不得不細細思考以免說錯。

「你這麼問是因為路易讓你痛苦嗎？」

「有一點。」

「他背叛我們。」安傑說。

「你呢，你會背叛我嗎？」

「永遠不會，保羅，永遠不會。」

保羅將千百個百思不解的問題留在心裡，若要找出這些答案，他還得活很久。

他們默默前進。過了片刻，安傑發覺保羅睡著了，差點摔下來。四周沒有遮蔽物，只有小路、石子、懸崖和草原。離譜的是，他們有這麼多錢竟買不到一點休憩與溫暖！

安傑將保羅放下抱在懷裡，孩子的頭正好陷在他的肩窩。保羅的身子軟綿綿的，睡意襲來後他也不再抗拒了。

安傑這樣走了整夜，由於太過用力，眼睛腫脹、肌肉僵硬。清晨時分，他來到一處羊圈廢墟。他走進去，把保羅放在稻草堆上，自己靠在半傾圮的牆腳，嘆口氣。

醒來時，從穿透雲層的微弱光暈可以看出太陽高掛在半空，風也變弱了，不再那麼冷。二人一語不發、各懷心思地繼續走，這回他們從海岸與懸崖轉向陸地。

兩個小時後，東北方出現森林的蹤跡，森林背後的遠方有山巒起伏，聳入雲霄。這片樹林被強風吹得歪斜散亂，灰濛濛的，散發著死亡的氣息，好像墓園。

白天裡的墓園，連孩子也不怕，這裡像花園，可以在長滿苔蘚的墳墓之間散步，讀出陌生死者的姓名，那蠱惑的力量會將想像力轉移到特殊的地方。也許正因爲這森林彷如一支支石柱，和保羅爲狐狸捕獵時所見的森林不同，走入時他並不感到恐懼。

安傑走在他前面，一面提醒他腳抬高，以免絆到樹根和斷枝，他同時也留意著各種聲響，伺機捕捉野兔、鼴鼠或任何可以當野味的小動物。但在這稀疏乾枯的矮灌木叢中，沒有任何生命跡象，連天空也同樣空盪盪的，不留一物。

不過，慢慢走入森林深處，他們發現一些變化。地上的苔蘚被羊齒植物所取代，起初看見的有些營養不良，慢慢地變得又高又大。抬頭一看：樹葉形成的穹頂逐漸茂密起來，將溼氣保留在不規則的枝葉頂蓋下。光線漸漸減弱，他們來到了山腳下。

保羅連忙趕上安傑，將小手塞入他的大手中以提振勇氣。森林在正前方開展，陰陰鬱鬱、令人憂心。男孩想到路易說過，人總得面對自己的恐懼，所以，如果他活著走出這片森林，是不是就變成大人了呢？

「你聽到了嗎？」安傑突然低聲問。

保羅豎起耳朵：

「聽到了。」

遠處有斧頭砍在樹幹上的回聲，接著無聲無息。一陣引擎的轟隆聲之後，再度無聲無息，接著又砍幾下斧頭。看來有樵夫在森林深處工作，這些人類的聲響讓保羅安心了些。他跟在安傑背後，讓羊齒植物拂過臉頰，睜大雙眼觀察林中的幽微。高處出現幾隻鳥，此時幾乎看不見天空。

他們走近樵夫工作的地點，剛砍倒的樹橫在路中央，這裡有斧頭、電鋸、一件掛在矮枝上的外套，還有一瓶水和一些食糧，但他們只是羨慕地看著卻不敢碰——樵夫不在。

「怎麼辦？」保羅問。

「坐下來。」安傑提議。

他們緊挨著彼此坐在樹樁上。保羅太累了，連恐懼都所剩無幾。他趴在安傑的大腿上，眼睛望向樹葉穹頂。他覺得世界上再也沒有比這裡更好的藏身之處。旁塔阿雷納斯的警察、農場主人、登山客，誰也不會找到這裡來，感覺就像躲在洞穴深處。他感覺得到安傑的體溫，感覺得到腳下厚實的樹幹連著深藏在地底的東西，一種非常深沉、活生生的、強壯的、無法摧毀的東西：他睡著了，夢見自己是一棵樹。

安傑聽見樹葉騷動，眼睛眨也沒眨一下。當樵夫從羊齒植物間冒出時，差點失聲尖叫，但安傑用食指按住嘴唇，示意他別吵醒孩子。樵夫略顯訝異，還是靠了過來。他是個老人，皮膚又皺又黑，嘴邊的鬍子勾勒出一個結冰的湖，一雙眼睛則有如兩棵藍色勿忘草綻放在臉頰上半部。他身上濃縮了此地的季節變化，冬夏二季合而爲一。

「我們走了很長的路。」安傑小聲說。

「你要喝水嗎？」

那人拿來水壺遞給安傑。

「我叫里卡多．穆加。你們晚上有地方過夜嗎？」

安傑搖搖頭，但他知道他們將在樵夫家找到遮風避雨之所。甚至不需要殺他。

第十九章

里卡多．穆加今年七十五歲，獨居在森林北側。五十年前，妻子生第一胎的時候，他蓋了一棟屋子。以砍伐、加工木材爲業的他爲了不遠離家人工作，選擇在這個偏僻角落定居。

「我們生了三個小孩，兩男一女。每生一個我就擴建房子。現在他們都不在了，所以有房間給你們住。」

離開森林時太陽正要下山，保羅有點遲鈍地跟在兩人身後。他太餓了，不只胃難過，嘴裡也有澀味。

里卡多推開屋門，退後一步請客人入內。裡頭溫暖而舒適，幾乎令人訝異：地毯、天鵝絨座椅、兩端各擺有一張小圓桌的長沙發、窗簾、各種小擺飾……最不搭調的是一個巨大書櫃，書堆得幾乎從書架上滿出來。這一點也不像是獨居老樵夫的家。

里卡多點亮兩盞煤氣燈，和陳列在桌上的小蠟燭。

「我妻子是荷蘭人。」他微笑著說：「屋子裡都是她布置的。點蠟燭會讓我覺得她還在。」

他走到隔壁房間拿了一個圓形大麵包、幾個杯子和一盤剩餘的羊腿，可說十分豐盛！保羅一句話也沒說便開始吃。他的臉頰紅潤起來，眼睛再度綻放新鮮栗子的光彩，全身也因欣喜而微顫。

里卡多坐在天鵝絨座椅上，兩手安放在寬寬的扶手上，好奇地看著客人，但並未開口詢問任何問題。他保持沉默，接受生命中所有的驚奇。一個男子和一個精疲力竭的小孩驀然出現在森林中？也罷，來到這裡總有他們的理由。

「我想和你喝杯酒，」他對安傑說：「我藏了幾瓶珍貴好酒，不能獨享。」

他正要起身離開，保羅面露微笑卻不小心打了個嗝，他誠心誠意地說了聲：「謝謝！」里卡多略一欠身，掩飾臉上的笑意，同時順手帶上門。

「你應該克制點，」安傑生氣地低聲道：「這主人可不是野蠻人！」

安傑似乎對老人和他這簡單而舒適的環境感受特別深刻。這份熱忱招待讓殺人犯深感窘迫，長久以來這還是他第一次對同胞毫無敵意。

保羅並不理會安傑的責備，他像貓一樣蜷縮在沙發軟墊上；彎起膝蓋靠著下巴的時候，他感覺到口袋裡的小糖果。這個幸運符再次發揮功用：能遇上這樣的好人，若非奇蹟又該如何解釋？

里卡多回來，在杯中倒了一點近似黑色的酒。

「這是幾年前向法爾巴拉索一位酒商買的。」他說。

「我們有個朋友也住在法爾巴拉索！」保羅吃驚地說。

里卡多微笑舉杯，在蠟燭搖曳的微光中，酒色呈現紫光，深沉而柔滑。

「那麼，敬法爾巴拉索一杯。」

「敬法爾巴拉索。」安傑重複。

他們喝了幾杯，說了些話……保羅逐漸沉睡。他覺得好像在船上，在波濤洶湧的大海中央，但是他在船上，不會有事的。

里卡多向安傑解釋，今天在森林砍倒的樹，是退休前的最後一棵。明天他要把它鋸開，一截一截運回這裡。

「我把木板賣給商人。他們會開著卡車來裝貨。這是最後一次接訂單。」

「爲最後一次訂單乾杯。」安傑舉杯說道。

「還有木柴！」里卡多接著說：「這輩子多虧有木柴：它讓我有得吃、有遮風避雨和取暖的地方……而且我看過的每一本書，每一頁都是以木頭纖維製造的。」

里卡多·穆加的聲音讓人感到溫暖、平和。他說話溫柔，沒有什麼需要證明或強調，每句話又似乎藏著什麼祕密。

「我喜歡變化，」他搖晃著杯裡的酒嘆息道：「木頭變成紙，冬天變成春天，葡萄變成葡萄酒。」

他轉身看著保羅，點頭道：

「男孩變成男人。」

睏到極點的保羅不由得嘆口氣說：

「是啊，越過了森林，我現在也不再害怕。」

「還有一些非常細微的變化，」老樵夫繼續說道：「例如心靈的改變就不那麼明顯。」

安傑挪挪身子，忽然有些坐立難安。

「你是說……」他膽怯地問：「你是說人的性情也可能改變？」

「我相信，」里卡多回答：「你呢？」

「我不知道。」安傑喃喃地說。

里卡多起身，打開書櫃下方的抽屜，從裡頭拿出一個小盒子，然後用兩支拇指彈開盒蓋。他不發一語，取出盒中的菸絲捲菸。

「森林孕育了千萬種植物，」他對著一根蠟燭彎下身子點菸：「我們對森林幾乎一無所知。」

他從鼻孔呼出一陣淡藍色濃煙，味道很香。

「我把其中一種植物變成特殊的菸草。這是可能的變化之一，是周遭的奧祕之一。」

他請安傑和他一起抽，屋裡安靜下來。保羅慢慢地在植物散發出的奇特藍色氣息中睡著了。

「詩人也一樣，」里卡多．穆加又說：「他們也會讓事物改變。他們用眼睛看世界，然後像喝水一樣吸進去。當他們再度開口，一切全變了。這是一種魔法。我每天都努力用這樣的雙眼看待世界，所以才能得救。」

保羅在半睡半醒中，輕聲說：

「我也是，我會讀書……」

「我可以把書借給你。」里卡多承諾道。

保羅透過沉重的眼皮，隱約看到書櫃上堆積如山的書。好多呀！用一輩子來解讀那千百萬個字，時間夠嗎？雖然里卡多這麼老了，還是很難相信他把這些書全部看完了。也許他是個道地的魔術師吧，非常可能。

第二十章

法爾巴拉索酒商的美酒、藍色菸草，加上步行多日的疲憊與濃濃荷蘭風的住宿處，這份舒適讓安傑睡得好沉。他醒來時感覺彷彿重生，頭重重地枕在柔軟的羽毛枕上，四肢放鬆，聆聽著平靜的心跳。他好多年沒有這麼年輕、這麼充滿活力的感覺。

里卡多讓他睡在長子的房間，隔壁是女兒的房間，給保羅睡。保羅在沙發上睡著後，不知道安傑何時將他抱上床，這床單如此潔白、如此芳香，簡直像是為王子準備的。

安傑伸伸懶腰，外頭的陽光在拉起的窗簾褶子上舞動，外面有聲音。他下床穿上衣服，走出房間。整棟屋子瀰漫著熱麵包與咖啡的香氣。他這個殺人犯、竊賊，有資格待在如此奇妙的地方嗎？哪怕只是停留片刻，這片純潔難道不會被他糟蹋？穿過屋子時，安傑放輕腳步，輕得像陣風。

他走到門口停下，整個人呆住了。

在外頭露溼的草地上，保羅和三個年齡相仿的孩子手舞足蹈、開懷大笑，露水在陽光照射下閃耀如珍珠。較遠處木柴棚子旁邊，里卡多手插在口袋曬太陽，他丟下牽引機就為了看孩子玩耍。安傑抹抹臉，往圍成圓圈的孩子走去。他們是誰？他們打哪兒來？怎麼會……

「別打擾他們，」里卡多忽然伸出粗糙的手拉住安傑：「瞧他們玩得多高興！」

安傑緊緊盯著此人的雙眼，想為心裡的疑惑找答案。

「來吧。」里卡多邀請道：「早餐在屋裡等你呢。」

安傑並未猶豫便隨他進屋。孩子的笑聲在他背後響起，如此清脆、如此歡愉……

里卡多將漆亮的咖啡瓷杯放在客廳沙發旁的矮桌上，倒上咖啡後，遞一杯給安傑，安傑張開嘴卻說不出話。

「別想著說什麼了，」里卡多相勸：「如果我真的從人生學到些什麼，那就是接受幸福，即使是最瘋狂、最不可思議的幸福。就默默接受這份幸福吧。你心裡想的問題都是無益的……你和我一樣看見他們了，不是嗎？而你的兒子也和他們手牽手圍起圓圈，這就證明了他們的真實。對我而言這就夠了。這四十年來，他們三個每天早上都會回來看我。」

安傑啜了一口咖啡。他想反駁，想大喊這不可能，死了就是死了！但什麼也沒說。

「四十年來，每天早上我的心都充滿喜悅。你明白嗎，先生？」里卡多問道。

安傑點點頭。

「進森林砍樹之前，他們會來看我，在窗下玩耍，就和以前一樣。若不是他們，無論是工作或生活，我都沒有勇氣繼續。晚上，妻子偶爾也會回來。她回來的時候好像都是藍色菸草收成之際。我看見她進屋，頭上戴著軟帽。那個時刻太美妙了。」

里卡多輕輕地將銀籃放在餐桌上，裡頭有幾片烤麵包。安傑用手指輕輕夾起其中一塊。

「喬安娜只有八歲，」里卡多接著又說：「狄米提剛過十歲生日，而老大史芬即將滿十三歲，你睡的就是他的房間。有一天，他們和母親出門，北方的親戚慶祝收成，舉辦非常盛大的宴會，除了打麥，還能盡情吃喝、唱歌跳舞……森林裡的工作尚未完成，所以我打算晚點再去會合。我記得好清楚，他們臨走前用手送飛吻給我，我妻子在拉車的馬頭上揮鞭，甩得啪啪響。『再見，爸爸！趕快來喔！』」

他停下來喘氣，定坐在沙發上的安傑發現老樵夫那對勿忘草藍眼裡滿是淚水。

「他們始終沒有到達宴會的農場。發生了什麼事呢？我也不清楚。想必是在半路遇上什麼人被搶了，這人的姓名我永遠不知道。他殺死他們，四個人就這麼死了。第二天我快馬加鞭準備去參加宴會，卻發現了他們的屍體。」

他再度沉默。安傑全身發抖，杯裡的咖啡差點灑出來。他好不容易才把杯子放回桌上。

「好了，我先出門了。」里卡多起身時喃喃說道。

他走向大門，順手從掛衣鉤上取下帽子戴在頭上。

「我得去處理最後一棵樹。」他說。

安傑靜靜呆坐好一會兒，在他腦中四處奔竄著對殺人犯而言最激烈、最痛苦、最奇怪的思緒。好半晌，他再也無法忍受，也起身出去。

里卡多的孩子消失了，在父親發動牽引機的同時消失了，木柴棚附近只剩保羅低著頭轉圈，腳跺著塵土。安傑緩緩走上前去，有些遲疑。保羅該不會也消失吧？該不會在他眼前消失無蹤吧？該不會輪到他成爲這充滿神祕力量的地方的犧牲者吧？此時，安傑完全能夠了解「魔法」一詞的意義。

「我的朋友回家了，」保羅看見安傑走來，難過地說：「太不公平了！他們爲什麼不留下來？我玩得那麼高興！」

安傑蹲下來，讓孩子坐在大腿上。保羅的肌膚上有汗水的溼熱，安傑感覺到他的眞實性、圓滾滾的手臂……是啊！保羅好像變胖了。

「你的朋友明天早上還會再來。」他輕聲道。

「眞的？」

「眞的！」

保羅微笑道：

「那麼我們可以在里卡多家多住幾天嗎？」

「可以。我想今天他會需要我們。」

「森林的活兒？」

「對。我們得幫忙切割最後一棵樹，然後搬到這裡來。好不好？」

保羅精神爲之一振，立刻跳下安傑的大腿，跑進屋裡，拿了一片塗有果醬的長麵包又跑出來。

「要砍樹，就得養足體力。」他很認眞地說。

他們再次走上森林小徑，孩子在前面高興得又蹦又跳，大人走在後面，內心暗自飲泣。

第二十一章

安傑用盡所有力量、精力與熱忱，幫助里卡多處理那棵樹。一整天都在橫躺的樹幹邊奔忙，用電鋸鋸斷粗枝，用斧頭砍下細枝。他跳上跳下、拉扯、拔拽、猛擊；他汗流浹背、精疲力竭，臉上卻帶微笑。

里卡多來到樹樁前，坐到保羅身邊。

「你瞧你父親想償還些什麼呢？」老樵夫開玩笑地問。

保羅看著安傑努力不懈，自己則在一旁乖乖等候吩咐，等著撿拾細枝做柴捆。聽了這話他照實回答：

「他想彌補他做的壞事。」

「我覺得安傑不可能做壞事。」里卡多回答。

「他會的。」保羅嘆氣道。

他笑著轉頭去看樵夫，很高興自己能讓這麼老又讀過這麼多書的人感到驚訝。

「安傑殺過人，」他說：「不過，噓……別告訴他你知道。他會生我的氣。」

里卡多窘迫地答應，遠遠地觀察安傑，不太相信剛聽到的事。這孩子在開玩笑嗎？他瘋了嗎？如果這是事實，那麼此人手中的斧頭、電鋸與工具都會變得危險？

不，眞的，里卡多實在無法相信安傑會殺人。自從家人死後，他自認已培養出分辨好壞的第六感，任何過路人只要心懷不軌，他都能一眼看穿。他曾在住處附近趕走流動商販，還有眼神狡詐的商人，甚至不用開口，光看他們走路或騎馬的樣子就知道。所以呢？如果他收容的是個殺人犯，他應該感覺得出來！

然而他還是起身，小心地回到樹旁。安傑跨坐著，正動手鋸樹幹。一道道木屑在四周飛散，有如群蜂亂舞。他感覺到里卡多來了，便暫時停下工作，關掉電鋸。

「你累了吧，」里卡多說：「過來喝點水、吃點東西。」

安傑搖搖頭說：

「我不累。」

「一整天很長的。」

「幹活的時間過得比想像中快。」安傑堅定地說。

「你手腳很俐落，」里卡多接著說：「你在森林工作過，對不對？」

「有一陣子我到處打零工。」

「那孩子呢？他也跟著你到處流浪？」

「對。他沒有其他親人。」

里卡多平時從不問冒昧的問題，也會尊重他人的祕密，但這回他卻有強烈的欲望想知道此人和他孩子的一切。成串的問題塞在嘴裡，燒灼他的舌。但安傑戴上了護目鏡、啓動電鋸，談話就此結束。

這天在林下灌木變幻的陰影與機器的嘈雜聲中過去了。保羅在肢解的巨大樹幹旁奔來跑去，撿拾小樹枝，抱回樹樁旁邊之後再依粗細分類、綑綁。

「有了這些，壁爐不怕沒柴燒了。」他驕傲地揮舞柴捆，對里卡多說。

「如果我過得了冬天的話！」老樵夫微笑道。

「你眞有這麼老？」

「我沒有太多書要看了。」他回答。

保羅把里卡多的書櫃想像成儲存的氧氣，既驚訝又欽佩。如果生命長短與擁有的書籍數量密切相關，那麼這應該便是他雙親猝死的部分原因：他們家裡一本書也沒有！他暗暗發誓要用錢買許多書。

「書要去哪裡買？」他問道。

「城裡的書店。有時候流動商販也有，但多半不是什麼好書。」

「我想去書店看看。你想納塔勒斯港有書店嗎？」

「你們要走那麼遠？」

「沒有，但我會買馬騎去。路易把一半的財產給了我，所以我現在很有錢。」

「路易？」

「他是我的朋友。應該說以前是。他談戀愛，環遊世界去了。」

「愛情的確會讓人遠行！」

里卡多忽然想起妻子。他在荷蘭與她相遇，當時他還是學生，夢想遠離智利原始的大自然，在高大整潔的房屋裡——就像他在維梅爾畫中所見，過著歐洲人的生活。最後他患了思鄉病，妻子為了愛跟隨他來到這裡。

「納塔勒斯港有書店嗎？」

「應該有。」

保羅心情愉快地捆著柴薪，未來似乎光明而燦爛：他要在這裡，在里卡多家多住幾晚，再見到那幾個小孩，一起在溼潤的草地上跳舞。然後往北回到偏僻的家，休息夠了再前往納塔勒斯港。說到底，沒有買母羊也無所謂，反正他會有書。他開口的話，安傑說不定還會替他做一個大書櫃，只要靠著家裡歪斜的牆面放置，再用幾塊石頭墊穩就行了。這一切多麼令人滿意！在旁塔阿雷納斯的煩惱、跳崖尋死的念頭、黛莉亞令他產生錯覺的愛撫、路易的背叛、紅色的船和安傑的刀子，全都拋到腦後！從此他要過另一種生活，美麗而舒適的生活！

天將暗時，安傑與里卡多把一截截樹幹搬上牽引機的拖車，剩下幾堆木屑、一段樹樁，樹倒下時壓斷鄰近幾截松枝的地方也留下些許木材碎片。保羅鬆了口氣，抬頭望，幾處山巔缺口的天空全是一片粉紅。他覺得筋疲力盡、疲憊不堪，也十分感激這兩個人。多虧他們，他再也不怕進入森林，也許將來還能更勇敢些。在如此荒涼的地區、在人生裡、在這樣的土地上，摒除恐懼是很重要的。一個接著一個的小勝利，人不就是這樣長大的嗎？

「你的樹將來會怎樣？」他問里卡多。

「今天晚上會有人來載走。鋸木廠的人。」

「接下來呢？」

「會被切開，切成幾十塊漂亮的木板以後，可以搭屋架或做家具。」

「這麼說，它就變形了！」保羅愉快地下結論。

他注視著這些新鮮巨大的原木，其末端凝結一滴滴鐘乳石般的樹脂，這些赭色或褐色小點像淚滴。里卡多開動牽引機上路。這是最後一次載運木材回家，原想賦予這趟最後行程嚴肅的氣氛，緩緩駕駛，一點一滴品嘗往前推進的每一秒鐘與每一公分，但又怕如此一來更加傷感；因此什麼也沒做，只是暗自默念詩人的句子：

我的心繼續砍伐著木材，
繼續在雨中與木鋸齊唱，
繼續研磨寒冷、木屑與芳香。①

①摘自聶魯達《黑島回憶錄》。

保羅坐在前方的引擎蓋上，每彈跳一下就笑一聲。他身後的安傑與里卡多都沒出聲，那是男人工作之後疲倦而滿意的沉默。疲憊之餘，問題也縮回去了。里卡多的舌頭不再燒灼；不管這人是誰，不管他曾經做過什麼，他已透過這截死去的樹幹證明他的誠實與勇氣。這就夠了，里卡多平靜下來。

遠遠看見屋子時，也看到一輛卡車停在院子等他們回來。有個男人開門下車，他身形巨大、一頭金髮，穿著藍色工作服。

「喂！」他高喊。

里卡多向他招招手，安傑則不自覺地低下頭掩飾面孔。

來到此人身旁後，里卡多停下牽引機。

「我是鋸木廠來的。」高個兒解釋道。

「阿弗雷多不能來嗎？」里卡多驚訝地問。

「這木頭得立刻送往納塔勒斯港，」那人回答：「不會在原來的鋸木廠加工。你要看訂單嗎？」

里卡多點點頭，隨同那人走向卡車；安傑趁機跳下來，將保羅抱在懷裡。

「來吧，讓他們自己去處理。」

他把孩子抱進屋裡，躲起來。里卡多等的顯然是另一人。安傑對一切都很小心，對殺人犯而言，意外通常不是好事。他站在窗戶邊，躲在半掩的窗簾後面，觀察金髮高個兒的舉動。他看見里卡多檢視文件後，在一張紙下方簽名，然後幫那人解開拖車上綑綁木頭的繩索。

保羅想到外面去幫忙，卻被安傑嚴厲的眼神制止。保羅看見安傑的手在胸前快速移動，像神經質的昆蟲繞著強光不停跳動，他的手指則有如蚱蜢的腳或鉗子，隨時準備攫住刀柄。好吧，他明白了。

他聳聳肩，在柔軟的沙發上縮起身子。不一會，卡車發動了，車上載著最後一棵樹和安傑的憂慮，漸行漸遠。

里卡多進屋時皺著眉頭，有些憂心，訂單副本拿在手上。但當他看見孩子在沙發上縮成一團，還有這個奇怪的粗漢站在窗子旁時，隨即露出笑容，將紙張丟在桌子一角。他竟這麼快就喜歡上他們，尤其是保羅。

「謝謝你們幫我。」他說：「今晚，我們要爲結束的時光與我的退休乾一杯。」

他無意中發現安傑瞥了桌上的訂單一眼，便說道：

「別擔心，現在都處理好了。我老了，情況不同以往。我朋友阿弗雷多的鋸木廠把一部分訂單外包給另一家。知道嗎？我眞高興可以休息了。以前，阿弗雷多常常會進來喝一杯，聊天之後才談生意。這個年輕人和我不對味，所以我沒請他進來。」

「你做得很對。」安傑說。

「他把你的樹運到納塔勒斯港了？」保羅問道。

「是啊。這好像是城裡某個單位特別下的訂單。不過現在我也不在乎了。」

里卡多脫下帽子和皮外套之後，又轉身對安傑說：

「你們想在這裡待多久就待多久，不會打擾我的。」

「明天我們就回家。」安傑回答。

「有什麼原因讓你們非回家不可嗎？是牲口？」

「不是，」保羅說：「我們的羊都死了，因爲牠們太老了。我的狐狸也死了。還有我的……」

「我們有事要做，」安傑打斷他說：「就是這樣。」

保羅很遺憾不能在這森林邊的屋子待久一點，他看得出來里卡多也很遺憾，但他不能問安傑爲什麼，以免惹他生氣。

他們靜靜地享用一塊麞鹿肉，這是里卡多爲重要場合特別保留的。在微顫的燭光中，他們的眼睛似乎閃爍著奇特而獨立的生命力，就好像從瞳仁反映出激動不安的靈魂的一舉一動。

「今天很特別，」里卡多放下叉子說：「如果你們明天就走，我想……」

他站起來，臉紅得猶如夏日晨曦。他示意保羅與安傑稍待，然後走進隔壁房間。

「我們走了以後，就只剩他一個人，」保羅小聲地對安傑說：「你想他會不會死？」

安傑用棉布餐巾一角抹抹嘴。死亡，他再熟悉不過。但他只知道死亡的暴力，知道死神會以病痛的折磨或刀子的猛刺奪走年輕生命。他從未見過任何人像睡著一樣慢慢死去。

「我們以後再回來，」他安慰保羅：「里卡多會等我們的。」

片刻過後，老樵夫懷裡抱著一個大箱子回來。他一聲不吭地將箱子放在小圓桌上打開。保羅心想不知道又會發現什麼新寶藏。箱蓋掀起後露出一個奇怪的裝置，里卡多解開一段長長的、纏起的細線之後，插上電。

「希望還能用，」他喃喃地說：「這是我妻子的，好幾年沒拿出來了。」

他邊說邊從紙袋拿出一大片黑亮的圓盤，放在機器上。

安傑瞇起眼睛，視線再也沒離開過保羅。里卡多旋轉這架舊唱機的唱針時，他屏住了呼吸。他猜想保羅從未聽過音樂，甚至連蘆笛聲、鈴鐺聲都沒聽過，只聽過那荒原上，撞擊著屋牆的狂風怒號。

唱片發出幾聲劈啪、幾聲喀啦。里卡多站起來，一根手指放在嘴唇上，眼睛半瞇，四下安靜無聲。

突然間，小提琴聲和著大提琴聲一齊充滿整個空間。這是個長音，背後還有教堂風琴的緩慢音律加強節奏。

保羅整個人定住了。

弦音起伏、上揚、下降、盤旋著，一會前衝一會交錯，而風琴則持續著送葬隊伍般沉重緩慢的步伐。這段音樂同時帶著憂鬱又充滿希望，既世俗又似天籟，既沉重又輕盈；保羅在這段時間所了解的人生意義都涵蓋其中。

他坐在椅子上全身發抖，淚眼模糊。

從這段樂音中他聽到了狐狸的溫柔、母羊的熱情，也聽到路易的背叛，以及小路上所有會絆人、讓人疲憊的石頭，所有的碎石。他眼中再看不到安傑、里卡多、上蠟的木頭家具或蠟燭。回憶隨著音樂迸現在他眼前，每個音符都像一只魚鉤，將他藏在靈魂深處的事物一一釣起。他彷彿變成一片海洋，一條河流。

安傑看見保羅淚流滿面，看見老人站在唱機旁邊動也不動，完全沉浸在美妙的音樂中。

殺人犯將大手掌平貼在腿上，同樣深深著迷，風琴、小提琴、莊嚴的節奏與清脆的和絃似乎有意將他的心拉向天空。實在太美了，和他有生以來所認知的一切都大不相同……他深深吸了口氣。

他們默默地任由音樂流洩，將他們包圍，好久好久。屋裡的氣氛好極了。無盡的平和撫慰著心靈，舒緩一切痛苦。安傑眞希望就這樣過一輩子，在美與寧靜的簇擁下，遠離俗世，遠離城鎮，遠離光線強烈的酒吧，遠離喧囂擁擠。爲什麼他到現在才發現？

忽然，可怕的焦慮鎖住他的喉嚨。這音樂來得太遲，永遠也無法減輕他罪惡的重擔與他的愚蠢。

但是保羅呢？

他看著那孩子，看著他驚慌的小臉，瘦弱的雙手。對保羅來說，尚未太遲！而他，無權剝奪這一切。他將孩子帶離孤獨，現在應該讓保羅解脫了。

安傑忍住啜泣。短短幾秒內，他決心已定：他要把保羅托付給里卡多。這是何等明顯的事實！他在這世上若只能完成一項愛的舉動，那就是現在，在這裡的這件事。給保羅一個機會，讓他有機會過更好的生活，不要再拖著他瘋狂逃亡，否則可能毀了他一生。

音樂停止後，里卡多拔下唱機的電線，緩緩捲起，將唱片放回紙袋，闔上箱子。

保羅仍坐在椅子上不動，活像一尊雕像。安傑覺得就要窒息。沉默愈是持續，內心裡分離的念頭愈是深刻。保羅該留下來，這裡有老樵夫，有書櫃，有唱機和音樂，有森林的奧祕。

對，他要把保羅送給里卡多，把里卡多送給保羅。他們將一同發掘生存的意義，而他這個殺人犯、無賴，將獨自背負悔恨重擔步上崎嶇的道路，這樣才有天理。

他想開口說出心裡的想法，但保羅忽然站起來走向里卡多。

「這是什麼？」他輕聲問。

老人笑笑蹲下，將唱片遞給他。保羅低下頭去。紙袋上有幾個字母。

「約……約翰……塞巴斯坦……巴哈。」他拼讀出來。

「這是作曲家的名字，」里卡多解釋道：「喜歡的話就留著吧，送給你。」

保羅驚訝地張大嘴巴。他緊緊將唱片摟在胸前，一陣眞誠的感激讓他不由得在里卡多皺巴巴的臉上親了一下。

安傑見了有如五雷轟頂。保羅從來沒有親過他，從來沒有對他如此溫柔。一切確實都結束了。他必須立刻行動。

安傑拔出藏在口袋裡的刀子，他感覺得到握在手中的刀柄，經過長久使用——無論是打架或削馬鈴薯——而改變色澤的刀柄。他朝保羅走去。

里卡多發現耀眼的刀鋒，嚇得跳起來。他臉上顯出恐懼，那雙勿忘草的藍眼睛頓時變得晦暗。他抓住保羅，快速將他往後拉並大喊：

「小心！」

安傑在他二人面前站定。他比他們高出許多，他們只能任他宰割。兩個脆弱的個體，他高興怎麼做就怎麼做，他目光落在保羅身上。

「拿去。」他說：「這個送你。」

四下裡悄然無聲。刀刃反射微弱的燭光。里卡多緊摟著孩子，面無血色地顫抖。

「拿去。」安傑以疲憊的聲音又說一遍。

保羅的左手緩緩放開唱片，伸直之後打開手掌。刀子一翻，落入掌心。

「隨你怎麼處理，」安傑低聲道：「你可以把它丟進井底，或是永遠收在抽屜裡，我去睡了。」

他虛弱無力地離開了客廳。

許久，保羅靜止不動，手指將唱片與刀子握得太緊以致隱隱作痛。他那左右為難的心在小小的胸腔裡淌血，他不明白事情為什麼會變成這樣。為什麼他必須不斷選擇——在安傑與里卡多之間，在音樂與安傑之間，在愛與詩之間，在言詞與舉動之間，在離開與留下之間，在生命與夢想之間，在夢想與安傑之間。他只希望和諧共存，如此而已。

「所以這是眞的？」過了一會，里卡多問道：「安傑殺過人？」

保羅點點頭。但他知道到此結束了，安傑再也不會傷害任何人。刀子在他手中，沉甸甸的。

當天晚上，里卡多明白自己錯了。他分辨的能力想必已隨著年齡退化，所以沒能看出安傑．阿雷吉亞的眞實性情。但事實已經暴露：他的屋簷下有個危險人物，即使沒有刀子，他還是個殺人犯。臨睡前，他拿了老舊獵槍一塊上床。

夜深之後，安傑離開了寂靜的屋子。方才他躺在里卡多死去兒子的床上，睜大眼睛，好久才下定決心。推開門，涼爽的夜風迎面吹來，他相信自己的決定是對的。他必須離開，從保羅的生命中消失。

他躡手躡腳穿越院子的草地，經過空空的木柴棚，向北而行。當初里卡多家人駕著馬車走的也是這條路，他有一種奇怪的感覺，像是前去與他們相會，步向與幽靈的祕密約會。

第二十二章

旁塔阿雷納斯的警方不遺餘力地拚命搜索，黛莉亞畫的畫像已經傳遍全國。藉由此畫，警方認出這是塔卡瓦納、特木科與納塔勒斯港懸賞追緝的危險罪犯安傑·阿雷吉亞。探長立刻召來最優秀的手下，介入此案。

黛莉亞父親的證詞是：安傑·阿雷吉亞不但是罪犯，還拐帶了一名小孩，加以監禁毆打。還有一個名叫路易·賽昆達的法爾巴拉索善良市民，也受他控制恫嚇，不得不跟隨他並提供金錢。幸好黛莉亞成功地讓路易脫離魔爪，賽昆達先生從此得以安全。

馬販也接受訊問：沒有人把馬賣給殺人犯。

港口、機場與火車站開始檢驗身分，客棧、酒吧也有武裝人員進行搜查。城市外圍同樣設置了檢查哨，因此嚴重塞車。

經過三天全力搜捕卻無功而返之後，探長下令擴大搜索。此人很可能已經往北走：兩組警員開車帶著警犬上路，警犬嗅過安傑在客棧睡過的床單，嘴角垂著口水，跟在小型貨車後面狂吠不已。追捕行動正式展開。

第二十三章

保羅清晨醒來時，因爲趴在唱片上睡，所以左頰留下一枚紅印。至於刀子，他插在褲腰帶上，也許哪天用得著：譬如用來雕刻樹枝或做玩具什麼的。

在這嶄新的日子，天才濛濛亮，他便趕著出去與玩伴們碰面。第一道曙光穿過木柴棚子的木板縫隙，在地上畫出幾條金線，照得露水晶瑩閃耀。安傑和里卡多還沒起床，玩伴們也還沒來，保羅簡直迫不及待！清晨的新鮮空氣扎著皮膚，但絲毫不會令人感到不快。這樣的一天，絕不會發生令人不快的事！他開始獨自一人，靜靜地繞著房子蹦跳。

繞到屋後時，他看見小路遠處有輛車漸漸接近，以爲是新朋友父母親的車，便滿心歡喜地跑上前去迎接。

駕駛熄了引擎，接著一扇車門打開；但出現的並不是他等候的玩伴，而是兩個穿制服的男人。他們一言不發便撲向保羅，用手按住他的嘴巴以免他大聲喊叫。他們將他押上車，像推穀袋似的往裡推。

「現在沒事了，」其中一名警員附在他耳邊小聲地說：「有我們在，你安全了。」

另一人發覺他臉頰上的紅印，難過地直搖頭：

「這孩子一定吃盡苦頭……我們也該管管了。」

兩個坐在前座的男人掏出手槍，偷偷溜向屋子。保羅看見他們繞過建築。由於警察的手還摀著他的嘴，他只能苦哼一聲。

不久，他聽到兩記槍聲，像是自己的頭爆裂似的。

過了空白而朦朧的幾分鐘，好像時間本身也淚眼模糊。接著一名警察驚慌地朝車子跑來，手裡仍持著槍，制服上沾有血跡。

「不是他！」他大喊。

摀住保羅嘴巴的人放開手，打開車門。保羅連忙跳下車，喉嚨裡像被一大團東西哽住。

「遇上麻煩了！」那名警察上氣不接下氣地繼續說：「阿雷吉亞已經逃脫，羅培茲中槍了！」

那幾人將保羅留在原地，匆匆衝向屋內。保羅獨自站在陽光下，感覺全宇宙的脈搏都在他心裡跳動。腳下的土地轟隆作響，天空在眼前顫動，接著空間、星球、星辰，從地心深處到遼闊宇宙盡頭的一切都隨之晃動。

他直奔里卡多臥室的窗邊。到了以後，他踮起腳尖透過玻璃窗，從半掩的窗簾之間，看到那名叫羅培茲的警察倒地的身軀。他彎身再看。警察雙腿旁邊有隻滿布皺紋的手提著一把老獵槍，動也不動。他抬起頭，只見另外三個警察擠在小房間門口，神色驚惶，面對死亡及白色的窗簾、芳香的床單、上蠟的家具，尤其顯得活生生而荒謬。保羅轉過身去。小路在眼前倏然展開，彷彿兩個世界間暫時裂開的缺口。一邊是警察、死亡、倒地的里卡多；另一邊是未知、孤獨、北方。也許還有安傑？

他手指輕輕掠過刀柄。想也沒想，便拔足狂奔。

恐懼黏在他的鞋底，他跑得比任何時候都快，太陽穴有如老虎鉗愈夾愈緊，下唇不停發抖。

他不願去想發生的事，也不願去想事實。面對事實，他的心就像脫韁野馬仰身飛踢，拒絕被馴服：不，他不相信安傑殺死里卡多；不，他不相信安傑半夜棄他而去；不，他不相信生命如此不公、如此痛苦。

在他面前，有小路、天空、草地、碎石，小心！有枯枝、畸形樹、智利，以及在同一方向的某個地方，有他的家。好幾次，他絆倒，被鋒利的路面磨破手心。好幾次，他必須停下來平息胸口的熱火與脅邊的疼痛。呻吟之際，他想起音樂、詩、眼淚與消逝的平和。他感覺孤單，眞想徒手扯下心臟。

半小時後，警車追上了他。

他站定不動，面對虛空，至少有些人稱之爲虛空。警員像獵捕鴿子似的慢慢靠近，以免嚇著他。他們只看到他的背不停抽動。他們不明白。他們看不到保羅正獨自對著空空的前方在笑。這些警察太笨，看不到那三個小孩光著腳，在青苔上翻筋斗、玩跳背，逗玩伴開心。可是啊！他們跳得眞好！他們有荷蘭小孩的金髮，衣服的蕾絲在清淨的空氣中翻飛，能見到他們眞好。

「不要！」保羅發現被警察抓住時大叫。

那三個小孩也立刻停止玩耍，向保羅揮手道別，隨即消失不見。

保羅想自衛。他將安傑的刀子高舉過頭用力揮動，但有一名警察抓住他的手臂。保羅力氣太小，手指從光滑的刀柄上滑開，刀子掉落撞上石頭，刀刃應聲斷裂。

「我們絕對不會傷害你。」帶頭的人命令手下將保羅押上車時說道。

車內那三名活生生又愚蠢的警察把羅培茲的屍體往裡推，在後座替保羅挪出一個靠窗的位置。死者的血滴在合成皮座椅上，頭不斷往孩子這邊倒，讓他更加害怕。

警察再也沒有多說一句話。

他們沒有道歉。

他們盯著崎嶇不平的道路，那幾雙黑色小眼睛毫無表情，好像用來充當雪人眼睛的鞋釦。

他們根本沒發現身旁的小孩被憂傷所淹沒，還自以爲做了好事，自以爲是維護世界秩序的正義的一方，殊不知世間事並非如此單純。

儀表板旁邊的麥克風傳出窸窸窣窣的聲音，說另一支巡邏隊剛剛在北方二十公里處，逮捕了安傑·阿雷吉亞。

這天早上，從屋外小路上突然冒出四個奉命行事的人，就這麼毀了一個孩子以爲握在手中的脆弱幸福。他們比那顆黃色的小糖果更強而有力。

而他們認爲這是一項功勞。

第二十四章

幾星期過後，保羅才在納塔勒斯港的監獄見到安傑，幽暗牢房漆成淡綠色，透著恐懼、孤獨與厭倦。

起初他們沒有交談，因爲誰也找不出適當的字眼表達內心的強烈感受。

五分鐘的沉默過後，眼見這一大一小活像船頭人像面對面動也不動，監獄警衛便拍拍安傑的肩膀：

「有話快說，時間寶貴。」

安傑嚇一跳，驚恐地瞄了獄卒一眼。幾個星期來，牢獄發揮了功效：他會乖乖聽話，因爲害怕挨打，因爲厭倦，因爲放棄，因爲身體不再受制於心。保羅認不出當初在月光下，抱著自己沿懸崖走了數小時之久，那個精力充沛、堅忍不拔的人。

他們又互望許久，喉頭彷彿被鉛塊封住，說不出話。

「好了，結束了。」獄卒說。

安傑俯身看著保羅，很輕很輕地，就像母親探身俯視搖籃。結束了，他卻覺得根本還沒開始。

「你記得嗎？」他終於低聲說道：「還住在你家的時候，我要你想你的生日。」

保羅點點頭。他什麼都記得，每一刻、每個字、路上的每一步，清清楚楚。

「你說就是我去的那一天。」安傑繼續說。

「會客時間過了！」獄卒緊抓他的手臂。

安傑雙手銬在背後，獄卒將他往後拖。

「你記得嗎，保羅？」安傑一面在方磚地板滑行，一面高喊。

「記得！」保羅也大喊。

安傑哭了。

「我也是！」他嘶吼道：「我也是那天出生的！我看到你以後，就看到了亮光！你明白嗎，保羅？」

獄卒用力一拉手銬，安傑被吸入一扇裝甲門內，門則像吃到獵物的大嘴立刻閉合。保羅知道再也見不到安傑，急得跳起來，撞翻椅子，往那扇門跑去。

「我明白！」他把嘴巴貼在門上大喊：「安傑！我明白！」

他聽到遠遠傳來回應聲，但牆壁太厚聽不清楚，大約是說愛他之類的。他也不管，只是大喊：

「我也是！」

接下來，只聽見鑰匙和鎖喀喇喀喇響，以及監獄鐵門可怕的吱嘎聲。保羅雙手平貼在門上，不敢動。他怕一動就會化爲塵土，會像石灰岩一樣粉碎。他想像著此時隔在他與安傑之間的牆壁。總共有幾道呢？數十道，一道比一道更厚，又冷又綠像蛇一樣。

這時候一個女人走進房間，手摸著保羅的頭髮問道：

「還好嗎？」

保羅搖頭。

「想吃點什麼嗎？」

「不要，我要我父親。」

女人蹲在他面前，嘆道：

「你父親死了，你知道的。」

「安傑……」

「安傑不是你父親。」

「他愛我。」

「我不這麼想。他傷害你很深。」

女人認為與殺人犯共度的這些年對保羅造成創傷。她讀過精神病學專業報告，其中十分詳盡地解釋被害人對劊子手產生依戀的過程。她讀了不少，但對於眞正聯繫保羅與安傑的情感卻一無所知。

不久，納塔勒斯港爲新法院舉行盛大的落成儀式。這棟建築既高大又莊嚴，階梯向上通往一扇宏偉的大門，兩側各立了一尊獅女像。新近當選的市長將法院送給選民，以實現他的承諾：更高的公權力、更多的警力、更大的安全感、對罪犯更嚴厲的手段。

在建築物中央，一間巨大的大理石廳內，市長當著市民的面，自豪地獻上這份神祕禮物，想給大家一個驚喜。

「各位先生女士！」他準備拉開禮物的篷布之際，高聲喊道：「看到這布幕底下的東西之後，大家就會明白我的任務的意義；就會明白，我下定多大決心，要將本市建設成模範市，並爲我們與下一代打造安全的聖殿！」

市長自信滿滿：分辨善與惡、好人與壞人、良民與惡棍，還有什麼比這個更簡單呢？

他拉下篷布。布幕緩緩落下，彷彿少了風支撐而塌陷的船帆。群眾發出驚喜的讚嘆。

「這座斷頭台，」市長對眾人的反應十分滿意，解釋道：「是道道地地的本地產物，用的是本地最優秀的樵夫所砍伐的林木！木材也在本地鋸木廠加工切割，然後在本地工廠組裝完成。一座百分之百智利製的斷頭台！這是送給大家的禮物！希望它從此象徵我們永不妥協！」

掌聲熱烈響起，直竄大廳拱頂。

里卡多死得正是時候，他永遠不知道最後一棵樹作何用途，又產生了何等奇異的變化。

安傑在牢裡等候審判。

牢房內散發著霉味和尿味，每天有十分鐘的散步時間。此地與他這一生的悲涼始終緊緊掐著他的心頭。他什麼都不想。他要求向圖書館借書時，遭人當面嘲笑，因爲檔案裡清楚寫著他不識字。誰也沒想到他聽著路易上課，隨著保羅的進步也學會了。誰也不知道和孩子度過的這些年，他的改變有多大，也不會有人相信。

爲了不閒著，他從床墊扯下一根鐵絲，用細尖端在牆上刻自己的名字。安傑．阿雷吉亞。安傑．阿雷吉亞。安傑．阿雷吉亞。這是他唯一會寫的字，生命爲他冠上這名字，如今聽起來卻充滿諷刺。在生日那一天，他畫了蛋糕和蠟燭，對牆壁吹一口氣。細細的石膏粉末在空中飛揚懸浮，幾個星點飛來，黏在睫毛上，刺得他流下淚來。

第二天他受審了。

進入法庭時，他往旁聽的人群中搜尋保囉。他沒來。安傑既覺得鬆了口氣又感到傷心，他不發一語坐上被告席，絲毫沒有顯露內心的痛苦。

有人開口說話，將他這一生抽絲剝繭，一件接著一件，小惡接著小惡，大罪接著大罪，直到一點也不剩，或幾乎不剩。庭訊結束時，他只剩一個空殼。

幾個小時後，判決確立：安傑．阿雷吉亞被判死刑。①

① 智利於一九八五年最後一次判決死刑，並於二〇〇一年正式廢除死刑。

他回到牢房，躺在狹窄的床上。他的生命不再屬於他。唯一所剩只有回憶，與保羅一同在風中、在孤獨與幸福中度過那些年的回憶。但現在也離他好遠，他爲孩子擔心，擔心他的健康、他的幸福、他的未來，卻沒有人願意告訴他孩子的消息。

他望著天花板，一心想盡快死去，結束腦中縈繞不去的煩惱。他喚來一名獄卒，對他說：

「我想死。」

「那正好啊。」獄卒冷笑道。

「那就殺了我。」

獄卒搖頭解釋，死刑犯可不能說殺就殺。距離行刑還有一段時間。律師、法官、書記得先塡好資料，這些檔案也得經過冗長複雜的行政程序。他還要等上幾個星期，甚至幾個月。他們不會野蠻地砍下人頭，必須依循法則的。

保羅被安置在納塔勒斯港的一戶人家。他去上學，吃得好，也被保護得很好。他沒有給負責教育他的好人家惹麻煩。他很平靜，過分地平靜。

沒有人知道他把黃色的幸運糖放在床下的盒子裡。這顆糖雖然因爲放在口袋裡，變得又黏又扁又髒，卻是他與安傑共同生活所留下唯一能夠觸碰的記憶。別的禮物都沒了：狐狸、黛莉亞的畫、路易的鈔票、唱片——留在里卡多家的枕頭上，甚至刀子。這些禮物就像「小拇指」沿路灑下的麵包屑，想必被過路的鳥兒啄食了；尤其是鈔票。

到了夜裡，他會暗自想著。

路易在哪裡？

里卡多的房子現在怎麼樣了？門戶洞開嗎？

那幾個孩子還會到草地上跳舞嗎？

旁塔阿雷納斯那隻美麗的母羊還活著嗎？

那個比利時登山客呢？

銀行那個好心的女士呢？

他有好多問題，卻無人爲他解答。

有一天，他問大人能不能去探安傑的監。大人向他解釋說不可能。死刑犯的條例中並沒有關於孩子探監的規定。而且他也不該再愛這個人，愛這個殺人犯。這是不正常的。

保羅把自己關在房內。他不明白這一切的意義何在。他雙手抱頭等了又等，等了又等。等候之際，也許他的心會自動停下來，就像老舊的機器。否則又該如何停止愛一個人呢？

很久以後的某一天，大人對保羅說他已經成年：滿十八歲了。這些人是怎麼知道的？無解。總之從此以後他可以支配自己的行動，去想去的地方，做想做的事。

下雨的寒冷早晨，保羅沒有戴帽子便出門。他在街上隨意走著，信步來到監獄。他抬頭望著高牆，天空將雨水傾倒在他身上，在人行道上，在鐵絲網上。保羅忽然想到自己不再是孩子了。這個想法讓他覺得有點怪，好像是轉眼間的改變，讓人措手不及。

他來到監獄入口正對面一家歇業的商店，站在櫥窗前凝視倒影。他長得不高，但寬闊的肩膀和臉上沒有刮乾淨的鬍渣都讓他帶有男人味。他心想不知安傑還認不認得他。

他笑了笑，步伐堅定地過街。玻璃窗隔起的警衛室裡有個值班的老人在打瞌睡。

「我要探監。」保羅敲敲玻璃說。

老人微睜開眼，嘟噥問道：

「什麼名字？」

「安傑．阿雷吉亞。」

「殺人犯？」

「是的。」

老警衛用又皺又黃的手按在他那細瘦的脖子上。保羅以為他大概是喉嚨痛。

「你想見安傑·阿雷吉亞？」警衛皺起眉頭又問一遍：「你是他的家人？」

「可以算是，」保羅說：「我和他很熟。」

老人從椅子上慢慢站起來，臉靠向玻璃，說道：

「你還活著算你幸運。其他遇上阿雷吉亞的人可沒有你這麼幸運。」

保羅笑笑。他早已不再試著向別人解釋他欠安傑一條命。除此之外，還有許多。

「我可以見他嗎？」他堅持道。

「不行，」老警衛回答：「他死了。去年行刑的，你不知道嗎？」

保羅呆立在人行道上，雨水不斷打落在他頭上。不，他不知道。沒有人認爲有必要通知他。

「抱歉，」老人重新坐下說道：「世事就是這樣。這是天理。」

保羅後退一步。監獄像是被雲壓得駝背。他最後看了老警衛一眼，感謝他告知，然後轉身離去。他不知道接下來的人生該怎麼辦，但他非常清楚今天要怎麼過。

第二十五章

背景沒有改變，依舊是充滿敵意的礦物景象。小路上的碎石，平地拔起的岩石，一大片低低的荒涼的天，受盡風吹雨打，被撕裂的這一小塊智利的土地：保羅的出生地，這裡的人必須與天爭命。

在城裡生活了這麼長時間，此地的嚴峻令他訝異，無法想像自己竟生在這樣的地方。他對母親只剩微薄的記憶：瘦弱、乾癟、黝黑的身影。她懷著他，在那狹窄冷漠的腹中。這就是他的故事起源。他的心肯定有一部分是由和岩石相同的堅硬物質所構成。

他經過廢棄的小茅屋，當初路易胡亂搭建，在第一場雨後便棄置了。接著他看到家，唯一一扇窗被窗板堵住，低矮的門面已然破敗。

他停下來喘口氣。狂風挾雨抽打他的臉。也許不該回來，也許應該把這裡的夢想與回憶留在腦海中。幾步之外，雙親安息的土丘似乎絲毫未變。上頭什麼也沒長，連野草也沒有。保羅走到狐狸墳前，墳上也寸草未生。隨後他強迫自己來到屋門前。

推開門時，彷彿有一道電流從頸背直竄而下。他想起旁塔阿雷納斯中學裡的青蛙，他在青蛙身上通電之後，死去的青蛙便像是活過來一般。

屋裡又黑又冷。他摸黑走到窗邊，打開窗子取下窗板。一陣風吹得紙片紛飛、沙沙作響。保羅重新關上窗，轉身才發現聲音從何而來。在屋子中央的桌上，有數十個小小的白色方形紙：是信封。

他彎腰拾起被風吹落的信封，有厚厚一疊，他像玩撲克牌似的翻弄著。其餘一切都和他記憶中一樣，完全沒變：板凳、壁爐、架子，還有裡面的小壁凹。這些信封是怎麼來的？每個信封上都有秀氣的字跡寫著他的名字：保羅．波羅維多。還有他的地址：陸地盡頭，海洋前面的最後一間屋子。

他撕開其中一封，裡頭是一張風景明信片，在西班牙馬德里；背後寫了一首羅卡的詩，保羅沒有耐心將它讀完。

第二封信來自緬甸仰光，第三封來自中國，第四封尼泊爾，第五封墨西哥，第六封巴黎……每張明信片都來自同一人，背後分別抄寫了艾呂雅、濟慈、阿拉貢、奎維多和蘇佩維爾等詩人的詩句。

保羅站在桌子旁邊，激動不已，每拿出一張明信片，信封便從他的指縫掉落到腳邊。最後，空空的信封蓋住他的鞋子直到腳踝，凌亂散置於桌上的則是一整個世界。一個多采多姿的世界，太加斯河上的夕陽、紅場上的降雪、水田裡的倒影、沙漠與沙丘、人潮熙攘的城市、擁擠的火車、修道院與宮殿、騎單車的中國人和深藍的海水。

保羅感覺一陣暈眩，走到長凳前坐下。路易完成了他的任務，就在這裡，就在這張鮮血流過又變乾的桌上，在這間偏僻的屋裡，他結集了這所有的城市，所有的美妙國度。就好像所有的道路都在此匯聚，也像是世上所有詩人的詞句相約在一個孩子的見證下齊聚一堂，路易不斷謄寫他們歌頌的愛情、生命、希望、美與陶醉。他請求原諒的方法眞是了不起。

保羅伸出雙臂環抱明信片，將臉埋入其中。就在此時，門開了。

他大叫一聲，猛然挺起身子。

「是誰？」有個聲音問道。

「是我。」保羅懷著戒心回答。

他看到一個女人走進屋內，身上罩著一件大雨衣。

「你是……保羅．波羅維多？」

「是的。」

「這麼說你回來了？」

保羅打量來人：她很年輕，臉頰紅潤，幾綹髮絲被雨水黏在額頭上。

他不知該如何回答。他是回來了？或只是以參拜的心情路過？他看著女子的手，發現斗篷褶縫底下露出一小截白紙。

「我去生火。」他說：「很冷。」

他走入壁凹，如他所料，裡頭還有不少乾柴。他回來時，女子始終未動。她看著他在壁爐前忙著生火，木柴燃燒起來後，她露出微笑說道：

「我一直懷疑有沒有你這個人。」

「現在呢？」

「應該是有吧。」

保羅抓過撥火鉗。壁爐內噴起幾束火星。女子來到他身旁。

「喏，這是昨天到的。」

這是路易最後一張明信片。保羅打開一看，竟然就來自法爾巴拉索。

這回背後寫的不是詩。保羅笑了笑。

「好消息嗎？」女子問道。

「有人祝我生日快樂。」

「今天是你的生日？」

「很可能。」

女子往保羅身邊坐下，小聲地說：

「生日快樂。」

她脫下斗篷，裡頭穿的是智利郵差的制服。

尾聲

在郵差制服底下，保羅發現了不少奇蹟。

泰露莎二十五歲，有耐心，有燦爛的笑容，還有一輛生鏽的腳踏車。每當她送完信回來，碎石路上便會傳來腳踏車輕快的吱嘎聲和鈴聲。

某個晴朗的早晨，保羅決定了。他將桌子拉上鬆脫的石板地，推到屋外。在春日微光中，紅色痕跡仍清晰可見，血還留在木桌深溝紋裡。

保羅跑進屋內，急切地搜尋壁凹，隨後拿出父親的斧頭。他出了點汗，氣喘吁吁，但決心已定。他將斧頭高高舉起。

斧刃猛然砍下，嵌進桌面，嵌得很深。

砍到第五下，桌子一分爲二，彷彿過熟的水果。

砍到第七下，桌腳四散紛飛。保羅覺得熱，直接就著水桶喝了口水。

一個小時後，整張桌子分解成一小塊一小塊。保羅留下抽屜，因為沒有別處收藏開瓶器和叉子。他看著這些成果，感覺舒服了些。四周光線隨著反覆無常的風與高空雲朵不斷變化著。他將斧頭放回原處，拿出鐵鍬。

往乾土丘走去時，他想起為安傑掌燈那個月黑風高的夜晚，第一頓濃湯的夜晚。回想起來彷彿已經過了一個世紀。

他在狐狸墳墓旁挖了個洞。然後將桌子碎片丟進獨輪推車，推過碎石路面後，全部倒入洞中。他有些哽咽，像是參加葬禮似的。

這時，他聽到泰露莎叮噹的腳踏車鈴聲從小路那邊傳來，轉過身去，見她神采飛揚、興高采烈地到來，空扁的郵包飛在身後。保羅鬆開鐵鍬。

「你在做什麼？」泰露莎在洞旁停下車來，問道。

「我要做一張新桌子。」保羅回答。

泰露莎彎下身，看見木頭碎片凌亂地散在墳穴深處。很奇怪，但她就喜歡這樣的保羅，喜歡他的奇怪。

「好吧，」她說：「在你做好以前，我們就坐在地上吃。」

她去把腳踏車停好，留下保羅一人。於是他又拿起鐵鍬，將洞填好。填好之後，再把土壓得緊實些。他想起安傑，想起他那雙大手。接著便聽到泰露莎喊他。

午飯準備好了。

過了一段時間，路易來拜訪他們。他剛剛在法爾巴拉索為父親舉行葬禮，就在面對海灣的一處山坡上。他是爲了多年未見的父親才決定回到智利，他的父親讓妻兒與美酒散布世界各地，去世時卻是孤獨一人。

他告訴保羅他有多渴望這份父愛，而這個空缺又在他生命中占據什麼樣的地位，至今未變。黛莉亞和後來的其他女人都落入這個虛空的洞中，她們直穿而過，毫無阻力地墜落。這就是他獨自返回智利的原因。

「葬禮當天，我又見到姊姊和弟弟。」他覺得很有趣：「我的姊姊都胖了，她們生過小孩，無聊得發慌，這讓我害怕。至於我弟弟，做著明星夢的那個，他嘛……」

路易掩著嘴笑說：

「……他還眞成了明星！我一直不知道，因爲我不看電視，不過有好多影迷圍在墓園出口，等著請他簽名。」

「進來吧。」保羅對他說：「你口渴了吧。」

一進到屋內，路易對於保羅所做的改變十分驚訝。

「新桌子？」

「另一張死了。」保羅回答。

「這張很美。」路易說。

保羅親手做的書櫃也讓他刮目相看。他在書櫃上放了一本書作爲禮物，就是提到水手被沖上岸及暴風雨那本，那也是保羅第一次聽到詩人的聲音。

「現在我認得所有的字了。」保羅輕輕撫摸書皮，低聲說道。

路易嘆口氣，在屋裡繞了一圈，仰頭檢視掛在牆上的明信片。他的一生彷彿終結在一間博物館裡。記憶不復存在，感覺消失了，一切又重回眞實的位置；而世界，所有跑過的國家，永遠比不上昔日在這間偏遠屋舍內，對抗強風、安傑無聲的憤怒、狐狸與蛇的時刻，也比不上日落時分在門口抽菸的平靜時刻。保羅擁有一樣無價之寶，那就是世上一個眞正屬於他的地方，這個地方儘管簡陋，卻一下子就能讓人回歸宇宙正位。

臨別前，路易從車上搬下幾箱父親留給他的酒。有智利酒、法國酒、西班牙酒、義大利酒，一箱比一箱高級。

「你現在要去哪裡？」保羅問他。

路易微笑道：

「我從來不知道自己要去哪裡。」

他原本還想說點什麼，卻改變了心意。也許他想提起安傑；無論如何，保羅感激他的沉默。

「我很遺憾。」路易鑽進車子前仍喃喃說了一句。

隨後他便消失在小路盡頭，一面將手伸出搖下的車窗外作勢道別。

保羅沒有回去瞧瞧里卡多．穆加的房子，但每當進入森林總會想起他，以及自己和安傑第一次聽到的斧頭聲。他也養成習慣，每天晚上會在桌上點亮一長串蠟燭，紀念這個人和他那群幽靈。

有些日子，他會獨自走到陸地斷裂、海洋開始之處。他靜靜面對洶湧冰冷的海水站立著，捫心自問無數次，是什麼力量支撐他活下去。他從未找到答案。只是覺得無論如何都要活在人世，要像岩石那般鮮活而明確。最後他便不再質疑。

偶爾，會有陌生人沿著碎石路而來。可能是科學家，最常是帶著一盒小石子的地質學家，有時是探尋黑夜的天文學家，或是追尋智利靈魂的詩人，又或是迷途的冒險商人。

保羅總是大開家門迎接。當他們見到屋內的情景——書櫃、地毯、蠟燭、明信片、潔淨的窗簾——臉上露出驚訝神色時，他便高興地笑起來。他會請客人喝一杯「賽昆達藏酒」，也喜歡聽客人說話。他們爲他帶來世界的回音，世界的痛苦與動亂的回音。由他們口中說出的可怕詞句以奇怪的方式在室內飛升，彷彿一些氣泡碰到天花板後，破裂消失。戰爭、飢荒、政變、流行病、不斷流失的金錢、罷工、意外、王室婚禮與賽車，全都撞上天涯盡頭這間小屋的天花板，失去了些許重要性。

最後，客人會閉上嘴，飲酒聆聽窗外狂風呼吼，一面瀏覽架上的書。

又過了數年。

後來泰露莎生了孩子，是個女兒。

保羅提議將孩子命名爲安潔莉娜。這個名字，泰露莎只聯想到天使的翅膀與光環，於是毫不猶豫便答應了。

2005年最耀眼的法國小說

安·蘿爾·邦杜送給初戀與成長的紀念禮

小公主與船長

顏湘如 譯　*La Princetta et le Capitaine*

我想寫一個關於海洋、關於冒險的故事！而每次出去冒險的都是男孩子，我決定要有些改變：因此主角是女孩，是個嬌生慣養的公主！

我攤開一張又一張地圖，尋找故事的發生地，於是加爾尼西亞出現了，瑪爾娃、歐飛斯……他們一個接著一個進入故事……

初戀是不完美的，它一定會破滅粉碎，之後我們才能繼續前進、在成長的每個不同階段，遇見不同的人，體會人生。

——安·蘿爾·邦杜

《書摘》

第一章・刺蝟頭

瑪爾娃終於躲開了母后的監視。

這在平日已經不容易辦到，尤其是這天，瑪爾娃更覺得希望渺茫：除了在裁縫和舞蹈老師身上浪費時間之外，她都被罰在神壇前面祈禱。王后逼她趴在冰冷的石板地上，覆誦禱文五十多遍。瑪爾娃原本已經習慣公主應學習的禮儀規範，今天卻難掩心中的不耐。她握緊拳頭，心中不斷暗想，不久這一切都將只是惡夢一場。

夜晚終於來臨，王后有事先離開。由於她忙著指揮下人，竟沒看見瑪爾娃從精巧殿逃走。在那兒，有一班僕役正在爲明日的慶典做最後的準備工作。

小公主像個幽靈似的，悄悄往南翼奔去。她經過廚房、再爬上舞蹈廳，只見十來個安靜無聲的女僕跪壓著裙襬，努力打亮鑲木地板。走道上、階梯上、長廊上，她遇見一群又一群侍從，他們用滑輪將吊燈放下、換上新的蠟燭，或清除地毯的灰塵。誰也沒有注意到她。

城堡外頭，修剪完樹籬的園丁，正把彩色燈籠掛上橄欖樹。瑪爾娃經過一扇敞開的窗戶時，聽到大水池開始噴水，稍遠的涼亭裡則有樂師在演練小夜曲，音符飄進溫暖的暮色，和茉莉的香氣揉在一起。

瑪爾娃感覺得到城堡裡外的加爾尼西亞都瀰漫著興高采烈的氣氛。這個好日子與她最切身相關，她卻感覺不到絲毫喜悅。老實說，她腦子裡想的是另一件事。

她來到南翼的凹室，才鬆了口氣。有個高瘦的女孩站在房間中央，兩手緊抓著圍裙。那是小公主的貼身侍女菲樂曼，依照計畫在那兒等著。

瑪爾娃沉默地關上門，然後走到鑲螺鈿框的長鏡前坐下。她摘下頭上的髮夾，拿起剪刀遞給菲樂曼。

「快。」她輕輕地說：「動作快。天就要黑了，執政官還在等我們呢。」

菲樂曼站在她身後，一動也不動，瘦削的臉龐似乎比平時更加蒼白。

「我……我不明白。」她囁嚅著說。

瑪爾娃不耐地從她手上搶過剪刀。「什麼嘛，妳當然明白！快點！」

菲樂曼伺候小公主多年。從公主還是小嬰兒就開始了，而當時的她也不過是個小女孩。瑪爾娃一直把她當作親姊妹般信任，菲樂曼也對主人忠心耿耿。但有些事情卻是她的信仰所不允許，例如嘲弄和諧女神的規範。

「不行，我做不到。」最後她痛苦地說：「除了這件事以外，要我做什麼都可以……」

鏡子裡映照著她二人的臉。瑪爾娃那張十五歲的臉龐仍保有童稚的圓潤與細緻，相較之下，侍女的臉就顯得病懨懨了。

「拜託，菲樂曼，妳就照我說的做，執政官也說過……」

「之前沒有說到要剪頭髮！」侍女打斷她的話，同時把剪刀往梳妝台上一丟，好像那是件不祥之物。

她雙臂抱胸，見她這副固執的神情，瑪爾娃知道沒辦法讓菲樂曼改變主意了。

「妳眞好笑。」小公主氣惱地嘆了口氣說，「這幾個星期，妳一口答應跟我去冒險，結果現在呢，只爲了頭髮這點小事！」

菲樂曼猛搖頭。頭髮可不是小事！沒錯，最近無論要她做什麼她都答應了。瑪爾娃叫她說謊就說謊，要她行賄、偷東西，她也都照做。她已經準備好，即使爲公主犧牲性命也在所不惜。可是剪頭髮這事實在太強人所難。

「從妳出生到現在我替妳梳頭多少次。」她回想道，「爲了讓妳的頭髮服貼、光滑、柔順，我用盡各種髮蠟和香脂……妳也一直引以爲豪呀！」

「一直引以爲豪的是母后。」小公主反駁道。

「那又怎麼樣？」菲樂曼生氣道：「又不是非剪不可！妳可以……」

她兩手捧起瑪爾娃的頭髮，在頸後盤成髮髻。瑪爾娃照照鏡子，在蠟燭的橘色微光中，她彷彿頂著一圈絲綢。她想起了去年十四歲生日，有個畫家爲她畫肖像。爲了讓她的髮色更美麗，畫家特地從遙遠的奧尼安王國訂購一種由術士製造的特殊黑墨。「彷彿是黑夜的精華呀。」他一面揮動畫筆，一面讚嘆。這幅畫像的名氣不僅傳遍全國，甚至成爲重要的象徵，小公主的頭髮代表令加爾尼西亞人民自豪的美。

「妳喬裝之後有風帽蓋住，誰也不會注意到……」菲樂曼接著又說，擺明是想說服小公主。

瑪爾娃猛地掙脫她，一手抓起剪刀，一手握住一撮頭髮，毫不猶豫一刀剪下。

那綹頭髮留在她手裡，隨即如花瓣一樣散開，就像剛摘下的花朵。菲樂曼抽噎著。在她眼裡，瑪爾娃剛犯下褻瀆之罪，但小公主卻毫不在乎。頭髮一束接一束掉落在腳邊，她一刀又一刀隨意亂剪，琥珀色的眼眸散發出一種令人驚懼的狂喜。有幾撮頭髮從她領口掉進去，沿著兩側肩胛骨之間直滑到臀部，搔得她背癢癢的。

最後當瑪爾娃放下剪刀，只見鏡中出現一個頂著刺蝟頭的女孩。樣子好奇怪，好可笑，她忍不住便笑了起來。

「這就是失去了美麗娃娃的加爾尼西亞啊！」她大喊道。

繆思出版 奇幻館

書號	書名	作者	出版日	定價	備註
地海傳說					
MFA001	地海巫師	娥蘇拉・勒瑰恩	已出版	250元	特價99元
MFA002	地海古墓			250元	
MFA003	地海彼岸			250元	
MFA010	地海孤雛			250元	
MFA011	地海故事集			250元	
MFA012	地海奇風			250元	
黑暗元素三部曲					
MFA004	黃金羅盤（上）	菲力普・普曼	已出版	180元	
MFA005	黃金羅盤（下）			220元	
MFA006	奧祕匕首（上）			180元	
MFA007	奧祕匕首（下）			180元	
MFA008	琥珀望遠鏡（上）			240元	
MFA009	琥珀望遠鏡（下）			240元	
MFA013	發條鐘	菲力普・普曼	已出版	160元	
MFA025	卡斯坦伯爵		已出版	200元	
MFA026	我是老鼠！		已出版	260元	
御謎士三部曲					
MFA014	赫德御謎士	派翠西亞・麥奇莉普	已出版	250元	
MFA016	海與火的傳人			230元	
MFA018	風中豎琴手			270元	
MFA020	女巫與幻獸	派翠西亞・麥奇莉普	已出版	250元	
MFA029	魔幻之海		93年6月	200元	
MFA030	幽城迷影		93年6月	320元	
MFA047	翼蜥之歌		94年4月	320元	
陰陽師系列					
MFA022	陰陽師	夢枕獏	已出版	290元	特價199元
MFA023	陰陽師—飛天卷		已出版	220元	
MFA024	陰陽師—付喪神卷		已出版	250元	
MFA027	陰陽師—鳳凰卷		已出版	200元	
MFA031	陰陽師—龍笛卷		93年6月	180元	
MFA036	陰陽師—晴明取瘤		94年2月	250元	全彩印刷
MFA046	陰陽師—太極卷		94年5月	200元	
MFA048	陰陽師—首塚		94年8月	220元	全彩印刷
MFA049	陰陽師—生成姬		95年2月	250元	
MFA809	2005陰陽師千年特集	陰陽師工作小組編著	94年8月	89元	全彩印刷

繆思出版 奇幻館

書號	書名	作者	出版日	定價	備註
邊境大冒險系列（陸續出版）					
MFA015	深邃林之外	保羅・史都沃 克利斯・瑞德	已出版	240元	
MFA017	獵風海盜團		已出版	280元	
MFA019	聖塔砝城之夜		已出版	280元	
MFA021	蠱髏魔的詛咒		已出版	280元	
MFA042	最後的飛天海盜		94年9月	280元	
MFA045	傀儡學者		陸續出版		
亞瑟王傳奇—永恆之王					
MFA032	石中劍	T. H.懷特	93年7月	350元	特價199元
MFA034	空暗女王		93年8月	220元	
	殘缺騎士		陸續出版		
	風中燭		陸續出版		
MFA028	天大好事	羅德列克・湯立	93年3月	200元	
MFA037	黑暗的左手	娥蘇拉・勒瑰恩	93年11月	380元	
MFA038	一無所有		93年3月	380元	
MFA035	無有鄉	尼爾・蓋曼	93年11月	380元	
MFA040	星塵		94年6月	260元	
MFA033	海妖悲歌	唐娜・喬・娜波莉	93年8月	200元	
MFA039	女身男人	卓安納・拉思	94年8月	280元	
MFA041	殺手之淚	安・蘿爾・邦杜	95年6月	200元	
	通往女人國度之門	雪莉・泰珀	陸續出版		

繆思出版 BeTween

書號	書名	作者	出版日	定價	備註
MFB001	呼吸	唐娜・喬・娜波莉	94年1月	200元	
時空四部曲					
MFB002	時間的皺紋	麥德琳・蘭歌	94年4月	220元	
MFB003	微核之戰		94年7月	220元	
MFB006	傾斜的星球		95年1月	260元	
MFB007	水中荒漠		95年4月	260元	
MFB004	小公主與船長	安・蘿爾・邦杜	94年7月	380元	
MFB005	祖靈之子	南茜・法墨	94年12月	250元	
MFB008	微光	琴娜・杜普洛	95年4月	250元	
MFB009	星火		95年6月	280元	

繆思出版 繪本館

書號	書名	作者	出版日	定價	備註
MFI001	小小戀人	海貝卡・朵特梅	93年4月	200元	
MFI002	我是野狼！	莎夏・波麗亞可娃／圖 菲利浦・勒榭米耶／文	93年4月	200元	
MFI003	孤獨巨人	海貝卡・朵特梅／圖 吉思嵐・碧雍蒂／文	93年5月	200元	
MFI004	芭芭亞嘎	海貝卡・朵特梅／圖 泰伊－馬克・勒當／文	93年5月	200元	
MFI005	壞脾氣小姐	拉法耶拉・瑪察格／文	93年8月	200元	
MFI006	小熊星期天	阿克賽爾・哈克／文 米夏埃爾・佐瓦／圖	93年8月	200元	
MFI009	那天，我用爸爸換了兩條金魚	尼爾・蓋曼／文 大衛・麥金／圖	93年10月	220元	
MFI012	牆壁裡的狼		93年11月	220元	
MFI010	失物招領	陳志勇	93年10月	220元	
MFI011	封面灰狼	尙－瑪喜・侯必亞	93年11月	200元	
MFI015	兔子	約翰・馬斯坦／文 陳志勇／圖	94年1月	200元	
MFI018	番茄小姐	田中清代	94年3月	200元	
MFI019	天涯一匹狼	佐佐木 MAKI	94年4月	200元	
MFI022	怕鬼的小孩	田中清代	94年7月	220元	
MFI025	觀像鏡	陳志勇／葛雷・克勞	94年10月	200元	
MFI027	被遺忘的公主	菲利普・勒榭米耶／文 海貝卡・朵特梅／圖	95年2月	500元	
麗莎與卡斯柏系列（The Misadventures of Gaspard and Lisa）					
MFI007	不打不相識	安・居特曼／文 喬治・哈朗斯勒本／圖	93年9月	200元	
MFI008	麗莎搭火車		93年9月	200元	
MFI013	耶誕禮物		93年12月	200元	
MFI014	卡斯柏想養小狗		93年12月	200元	
MFI016	麗莎去紐約		94年2月	200元	
MFI017	麗莎搭飛機		94年2月	200元	
MFI020	麗莎的家		94年5月	200元	
MFI021	下雨天		94年5月	200元	
MFI023	卡斯柏住院了		94年9月	200元	
MFI024	麗莎做噩夢		94年9月	200元	
MFI026	麗莎與卡斯柏逛百貨公司		94年12月	250元	
MFI028	卡斯柏去海邊		95年4月	200元	
MFI029	給媽媽的禮物		95年4月	200元	

繆思歡慶四歲生日
會員回娘家超級有禮

活動期間：即日起至2006年6月30日止

參加辦法：凡讀書共和國會員在活動期間內寄回繆思回函，或非會員於活動期間寄繆思回函兩次以上，就可參加抽獎活動。限用繆思出版書籍回函卡，截止時間以郵戳爲憑。

獎 項：超級奇幻獎2名－繆思2006年7月至12月出版的所有新書
好運連連獎5名－繆思2006年當月出版新書
感恩回饋獎20名－繆思精選小說或繪本1本

活動詳情請見讀書共和國網站 http://www.sinobooks.com.tw

還有許多精彩活動即將陸續推出，請多參觀讀書共和國網站，留意最新消息！

繆思出版有限公司

客服專線：0800-221029
客服信箱：台北縣231新店市中正路506號4樓；muses@sinobooks.com.tw

感謝您購買 **殺手之淚**

為了提供您更多的讀書樂趣，請費心填妥下列資料，直接郵遞（免貼郵票），即可成為繆思奇幻館的會員，享有定期書訊與優惠禮遇。

姓名：________________ 身分證字號________________

性別：□女 □男 民國_____年生

職業：□學生 □服務業 □大眾傳播 □資訊業 □金融業 □自由業

□教職員 □公務員 □軍警 □製造業 □其他

連絡地址：□□□________________________________

連絡電話：公（ ）________________宅（ ）________________

E-mail：________________________________

■您從何處得知本書訊息？（可複選）

□書店 □書評 □報紙 □廣播 □電視 □雜誌 □共和國書訊

□直接郵件 □全球資訊網 □親友介紹 □其他

■您通常以何種方式購書？（可複選）

□逛書店 □郵撥 □網路 □信用卡傳真 □其他

■您對本書的評價（請填代號：1.非常滿意 2.滿意 3.尚可 4.待改進）

書名________ 封面設計________ 版面編排________

印刷________ 內容________ 整體評價________

■請推薦親友，分享好書出版訊息：

姓名________ 地址________________________

姓名________ 地址________________________

■您對本書的建議：

請沿虛線剪下

繆思出版

客服電話：0800-221029　傳真：02-86671065
電子信箱：muses@sinobooks.com.tw

請沿虛線對折寄回

廣　告　回　函
板橋郵局登記證
板橋廣字第10號

信　函

23141
臺北縣新店市中正路506號4樓

繆思出版有限公司　收

請沿虛線剪下